वातायन

वातायन

शिवानी

राधाकृष्ण
नयी दिल्ली पटना इलाहाबाद कोलकाता

ISBN : 978-81-8361-428-3

वातायन

पहला संस्करण : 2011
पहली आवृत्ति : 2013

मूल्य : ₹ 150

प्रकाशक
राधाकृष्ण प्रकाशन प्राइवेट लिमिटेड
7/31, अंसारी मार्ग, दरियागंज, नई दिल्ली-110 002

शाखाएँ : अशोक राजपथ, साइंस कॉलेज के सामने, पटना-800 006
पहली मंजिल, दरबारी बिल्डिंग, महात्मा गांधी मार्ग, इलाहाबाद-211 001
36 ए, शेक्सपियर सरणी, कोलकाता-700 017

वेबसाइट : www.radhakrishnaprakashan.com
ई-मेल : info@radhakrishnaprakashan.com

आवरण : आदित्य पाण्डे

मुद्रक
बी.के. ऑफसेट
नवीन शाहदरा, दिल्ली-110 032

VATAYAN
Miscellaneous Articles by Shivani

क्रम

भूमिका

घर के झरोखे से बैठे-बैठे देखते रहिए, जाने कितने दृश्य आँखों के आगे चलचित्र की तरह गुज़रते जाते हैं, तरह-तरह के लोग, तरह-तरह की घटनाएँ। शिवानीजी के इस 'वातायन' से भी बहुत विस्तृत और रंग-बिरंगे दृश्य-पट दिखाई देते हैं। बिना पैसा-कौड़ी लिए हड्डी बिठाने वाला, चमचमाती मोटरों पर पोश-होटलों में महँगे डिनर खाते लोग, और बाहर एक-एक दाने को तरसते भिखारी। न जाने कितनी पुरानी यादें, कितने कड़वे-तीते अनुभव, जो हमें रोज़ होते हैं, और इनके पीछे हैं लेखिका की गहरी संवेदना और अप्रतिम वर्णन शैली। ऊँचे अधिकारी अपने इन्द्रासन से हटते ही किस प्रकार नगण्य हो जाते हैं, छोटे-छोटे दफ्तरों के छोटे-छोटे अधिकारियों के हाथों किस प्रकार प्रताड़ना सहते हैं, मृत पति की पेंशन लेने किस प्रकार एक महिला को कदम-कदम पर हृदयहीन लालफीताशाही का सामना करना पड़ता है, ये सब अनुभव मार्मिकता के साथ शिवानी के 'वातायन' में मिलते हैं।

इनको निबन्ध की संज्ञा देने से इनका ठीक परिचय नहीं मिलता। यह झाँकियाँ हैं, केवल बाहरी नहीं अन्तर की भी।

लखनऊ के दैनिक 'स्वतंत्र भारत' में प्रति सप्ताह 'वातायन' को पढ़ने के लिए लोग कितने लालायित रहते हैं, इनको पढ़ने के बाद कितने फोन और पत्र आते हैं, लेखिका और सम्पादक दोनों के पास, यह इनकी लोकप्रियता का प्रमाण है। शिवानी की प्रतिभा का यह नया आयाम है। इनमें वही गहरी पकड़ है जो उनकी कहानियों व उपन्यासों में मिलती है। साथ ही इनमें लेखिका के प्राचीन संस्कृत साहित्य के ज्ञान और सुसंस्कृत व्यक्तित्व का भी पुट है। इनसे हिन्दी पत्रकारिता में स्तम्भ लेखन का स्तर ऊँचा हुआ है।

अंग्रेजी में चार्ल्स डिकेंस, मार्क ट्वेन, रडयार्ड किपलिंग, चेस्टर्टन आदि के उत्कृष्ट निबन्ध और कथाएँ समाचारपत्रों के माध्यम से ही पहली बार प्रस्तुत हुई थीं। हिन्दी की पत्र-पत्रिकाएँ विविध और विशाल पाठक वर्ग तक पहुँचती हैं और लेखक को नियमित और रेडीमेड श्रोता-मंडल देती हैं, परन्तु पत्र-पत्रिकाएँ एक बार पढ़कर फेंक दी जाती हैं, जबकि पुस्तकें साथ रहती हैं। 'वातायन' में शिवानी ने जो साहित्य-निधि दी है वह अखबार के पन्नों में दबकर विस्मृत हो जाती, यदि इसके प्रकाशकों ने उसे पुस्तक रूप में स्थायी रूप देने का सत्साहस न किया होता। इसके लिए वह पाठक के साधुवाद का पात्र है।

लखनऊ **अशोकजी**

1-2-1975 सम्पादक, 'स्वतन्त्र भारत'

वातायन

एक

भारत के जिन विभिन्न प्रदेशों में मुझे रहने का सौभाग्य प्राप्त हुआ है, उनमें दक्षिण-प्रवास ने मुझे सर्वाधिक प्रभावित किया। कभी-कभी आश्चर्य होता था कि जलवायु की असह्य उष्णता भी वहाँ उतनी असह्य नहीं लगती थी। उनके आचार-व्यवहार, उत्सव, रहन-सहन में किसी भी प्रकार का आडम्बर मैंने कभी नहीं देखा। एक से एक समृद्ध गृहों में भी तब पाश्चात्य सभ्यता की छूत नहीं लग पाई थी। बैंगलोर की सरल सादगी का जो मोहक रूप मैंने तब देखा था, हो सकता है अब समय के साथ-साथ बदल गया हो, किन्तु मेरे दक्षिण-प्रवास की स्मृतियाँ, मेरी श्रावणी चक्षुहीनता में, अभी भी उतनी ही हरी हैं। 'चिकपेट' के छोटे-से बाजार की भीड़-संकुल अली-गलियाँ, बँगलोरी अगरबत्ती के धुएँ से सुवासित रहतीं और छोटी-छोटी दुकानों में भी जब दक्षिणी रेशमी साड़ियों की चटखरंगी मनोहारी परतें खुलने लगतीं तो आँखों पर स्वयं ही धूप का अदृश्य सुशीतल चश्मा-सा लग जाता। 'चिकपेट' से एकदम ही विपरीत छटा रहती थी, वहाँ के दूसरे बाजार 'साउथ परेड' की। दोनों बाजारों की सज्जा में उतना ही अन्तर था जितना 'गंज' और अमीनाबाद की सज्जा में! 'साउथ परेड' में ही वहाँ के प्रख्यात दन्त-चिकित्सक, डाक्टर, अपने-अपने सुसज्जित क्लिनिक में, मुँह में बर्मी सिगार दबाए, बड़ी शान से बैठे रहते, बाजार से संलग्न लाल छतों के कतार-बद्ध बँगले देख कभी-कभी नैनीताल के मॉल का भ्रम होने लगता, दूसरी ओर था ब्रिटिश रेजिडेंट का प्रासादोपम बंगला, उधर आकर्षक दुकानों के काउंटर पर, दिव्यस्मित की आभा बिखेरती सुन्दरी ऐंग्लो-इंडियन युवतियाँ, ग्राहकों को कुछ न खरीदने की इच्छा होने पर भी, चुम्बक-सा खींचने

लगतीं। उन दिनों द्वितीय महायुद्ध की विभीषिका अपना मत्त नर्तन कर रही थी, इसी से आस्ट्रेलियन गोरों की एक टुकड़ी वहाँ प्रायः ही गश्त लगाती रहती। संध्या होने पर, वहाँ के बाजार में जाने का दुःसाहस बहुत कम ही होता था किन्तु, वहीं आसपास स्थित वाचनालय का आकर्षण भी, उतना ही प्रखर था; फिर अंग्रेज़ी चलचित्रों का प्रदर्शन भी तब एकमात्र वहीं के 'ग्लोब' छायागृह में होता था उन दिनों वहाँ जब 'ग्रेट डिक्टेटर' का प्रदर्शन हो रहा था तब हम भाई-बहन भी, साहस बटोर, वहाँ पहुँचे। लौटने में, जो दृश्य देखा वह नारी के शौर्य एवं साहस का ज्वलन्त दृष्टान्त बन, सदा के लिए हृदय पर अंकित हो गया। बैंगलोर में 'झटका' या निम्नमुखी खुले ताँगे का ही प्रचलन अधिक था। वह होता था, कुछ-कुछ हमारे प्रदेशी इक्के-सा ही, किन्तु उसकी शान और सज्जा, स्वामी की मर्यादा के अनुकूल ही रहती। पीतल के चमचमाते जोड़, चमकती गद्दियाँ, उधर अश्व के कंठ में रहते बड़े-बड़े मनके, और छोटी-छोटी घंटियाँ और सिर पर रंगीन परों के फरफराते फुंदे। हवा के वेग से झटका चलता, तो हिलते रंगीन फुंदे, ठुनकती मनकों-घंटियों की माला और हैदराबादी चालक के कन्नड़ में दिए जा रहे आदेश, उस सरल सवारी में भी इम्पाला में बैठने का आनन्द दे उठते। हमारे झटके का चालक भी, उसी के ठसकेदार व्यक्तित्व से मेल खाता था। बूटा-सा कद, गोरा सुर्ख पठानी चेहरा, शलवार, रेशमी कमीज़, मखमली वास्कट और तिरछी लगी हैदराबादी फरदार टोपी, सब मिलाकर उसके व्यक्तित्व को और भी आकर्षक बनाकर प्रस्तुत करते! नाम था शेर मुहम्मद, और नाम के ही अनुरूप, उसके रौबीले कंठस्वर की गर्जना भी थी। उसके साथ हमें लौटने में कभी देर-अबेर भी हो जाती, तो घर में किसी को चिन्ता नहीं होती। एक सयाने अभिभावक के रौब से ही वह हमें मार्ग-भर डाँटता ले जाता, और उसी धमक के साये में लौटा लाता। उस दिन भी, वह हमें वैसे ही डाँटता लिए लौट रहा था, "माँजी से कहूँगा, लड़कियों को अंग्रेज़ी पिक्चर मत देखने दें, बरबाद कर रख देती हैं ये पिक्चरें।" सहसा उसने घोड़े की लगाम खींच ली, और बिजली की गति से उतर गया, घोड़े को ऐसे खींचा जाना शायद अच्छा नहीं लगा था, वह अधैर्य से हिनहिनाने लगा। घोड़े को पुचकारकर शेर मुहम्मद ने हम सवारियों सहित एक घने झुरमुट में खींच लिया। हम समझ गए कि उसने किसी अप्रीतिकर अनहोनी घटना का आभास पाकर ही, अपना झटका ऐसे खींच लिया था। वह अब स्वयं भी अँधेरे में दुबक गया। उसकी फरदार टोपी का अग्रभाग ही हम देख पा रहे थे। एक

क्षण को, उसने अपना चिन्तातुर चेहरा हमारी ओर मोड़ा, और ओठों पर अँगुली रख, हमें चुप रहने का आदेश दिया। दम साधे, हम अपने धड़कते कलेजे को हाथ से दबाए, इधर-उधर देख रहे थे कि सामने नजर पड़ी। दो-तीन दक्षिणी युवतियों को घेरे, मर्कटमुखी चार-पाँच मदमत्त गोरों की टुकड़ी, अपनी उन्मत्त हँसी से हमारा कलेजा भी दहला गई। युवतियाँ निश्चय ही समृद्ध गृहों की थीं, अन्धकार में भी, उनके काले आबनूसी चेहरों पर, हीरे की लौंगें सर्चलाइट-सी चमक रही थीं, कटि पर सोने की पेटियाँ और जरीदार आँचलों की दमक, बीच-बीच में बिजली-सी कौंध रही थी। एक लड़खड़ाते नशे में चूर गोरे ने, लपककर, उन तीनों में सबसे छोटी लग रही किशोरी की कलाई थामी ही थी कि तीनों उस पर शिकारवंचिता भूखी शेरनियों-सी ही टूट पड़ीं, और फिर तो कमर की मोटी-मोटी भारी पेटियाँ उतार, उन्होंने गोरों पर जो वार पर वार किए कि उन मदालस गोरों का सारा नशा हिरन हो गया। इस बीच, हमारे झटके चालक को भी जोश चढ़ गया, और वह भी झटके सहित घटना-स्थल पर पहुँच गया। हमें देखते ही वे गोरे, अपने सूप-सी टोपों को सम्हालते ऐसे बगटुट भागे, कि पगधूलि का बवंडर-सा उठ गया। हमने ही फिर अपने झटके में उन तीनों साहसी बहनों को गंतव्य स्थान तक पहुँचाया। उन तेलगुभाषिणी वीरांगनाओं की भाषा हम नहीं समझते थे, न उन्हें हिन्दी-अंग्रेज़ी ही आती थी। शेर मुहम्मद ही हमारे बीच दुभाषिया बना था। वे तीनों बहनें साउथ परेड के प्रसिद्ध गोवानी दन्त-चिकित्सक डॉ. मिरण्डा से अपनी छोटी बहन का दाँत उखड़वाकर लौट रही थीं। दन्त-चिकित्सक ने तो एक ही बहन का दाँत तोड़ा, किन्तु उन तीनों बहनों ने मिलकर, जिस अपूर्व साहस से उन विदेशियों की पूरी बत्तीसी हिलाकर रख दी उसे देख इस पंक्ति की सार्थकता स्पष्ट हो गई थी—'का नहिं अबला करि सकै!'

दो

सस्ते मनोरंजनों के व्यवसायों में जिसको समय का सबसे करारा तमाचा लगा है वह है बाजीगरी। कभी इन्हीं भारतीय बाजीगरों की प्रसिद्धि विदेशों तक फैल गई थी, विदेशी भी भारतीय बाजीगरों को केवल हाथ की सफाई नहीं मानते थे, निश्चय ही उन्हें 'ब्लैकमैजिक' का ज्ञान था तब ही तो नित्य

'रोपट्रिक' का सफल प्रदर्शन करनेवाले को आए-दिन बहुत बड़ा इनाम देने की घोषणा बड़ी धूम से होती रहती। बाजीगरों का व्यक्तित्व भी, तब उतना ही रहस्यमय हुआ करता था। कानों में फीरोज़ा गुँथे बड़े-बड़े बाले, ढीलमढाला कुर्ता, रंगीन पैबंद लगी वास्कट, कंठ में काली डोरी में गुँथी तावीज, असंख्य सुमरनियाँ, दंत-खुदनी और फिर उसकी गर्जना में तो स्वयं भोलानाथ शिव के प्रचंड डमरू गरजते। 'जमूरे काटूँ?'

'काट दे'—जमूरे की पतली आवाज वंशी-सी गूँजती।

'उछालूँ?'

'उछाल दे उस्ताद।'

'काटकर तेरी बोटी उछालूँगा लड़के! सँभल के जवाब दे।'

'दिया'—आमने-सामने उकड़ूँ होकर बैठा, हाजिर जवाब वह नन्हा-सा जमूरा, अपने दृढ़ ह्रस्व उत्तर से पूरी भीड़ को सन्न कर देता...

'तब आ जा लड़के—खुदा का नाम ले, कमजोर दिलवाले मेहरबान, यह तमाशा न देखें।' 'उस्ताद' झलमलाती छुरी लेकर जमूरे को सचमुच ही धूल-भरे चौराहे पर लिटा, मैली चादर से ढाँक देता—छुरी भोंकी जाती, भीड़ का घेरा सहमकर पीछे हटता और स्वामी के हृदयग्राही प्रदर्शन का सशक्त माध्यम बना जमूरा, छटपटाकर दम तोड़ देता। उसकी गर्दन इधर-उधर हिलाता बाजीगर दूसरे परिच्छेद की भूमिका बाँधता—'अभी मंतर फूँकते ही उठ बैठेगा छोकरा—जरा पीछे हटें मेहरबान!' खेल का आरम्भ कंठ से निकाले गए गोखरू काँटों के छल्ले से होता था, और फिर निकलती नन्हीं रीठे की गोलियाँ—'इंग किडिंग' और अन्त में लोहे का एक भारी बमगोला, अपनी विराट परिधि से उसके गालों को फुला, आँखें ललाट पर चढ़ा देता—'अम...बबम...बम।' अद्भुत चातुर्य से, उस अधनिकले फँसे गोले को, कंठ ही में घुटक, बाजीगर अधरों पर वंशी टिका, ऐसे बजाने लगता, जैसे कुछ हुआ ही न हो। फड़फड़ाते कबूतर को चादर से ढाँक वंशी बजाता कभी पास धरी टोकरी में हाथ डालता, कभी चादर में। अपने संदिग्ध आचरण से वह दर्शकों को निरन्तर भ्रमजाल में उलझाता रहता, कभी दर्शक कहते, 'छिपा रिया टोकरी में' तो वह भोले कन्हैया की मुद्रा में खाली टोकरी उलट देता।

'अजी चादर में है, मूँडी हिला रही है' दूसरा दर्शक कहता—'यह तो मेरे पैर का अँगूठा है सरकार', कह वह अपने को बाजीगर से अधिक बुद्धिमान समझनेवाले दर्शक को एक पल में अपदस्थ कर चादर हटा अँगूठा हिला दिखा देता!

ऐसे बाजीगरों की मेजबानी, मुझे कई बार निभानी पड़ी है। मेरे पति इन्टरनेशनल मैजिक सर्कल के सदस्य थे। बाजीगरी से उनका अत्यधिक लगाव था और विदेश में भी अपना प्रदर्शन कर चुके थे। श्री पी.सी. सरकार, राजाबोस उन्हें कई बार सरकारी नौकरी का मोह त्याग अपने पेशेवर दल में सम्मिलित होने का प्रलोभन दिखा चुके थे। श्रीमती सरोजिनी नायडू ने उनके प्रदर्शन से प्रसन्न होकर एक बार मुझसे कहा था–'आश्चर्य है, ऐसी देवदत्त प्रतिभा से सम्पन्न होने पर भी तुम्हारे पति, सरकारी मुलाजिम ही बने रहे हैं, पेशेवर जादूगर क्यों नहीं बन जाते?' इसी सन्दर्भ में मुझे एक और घटना स्मरण हो आती है। पंतजी तब मुख्यमन्त्री थे, उनकी पुत्री का विवाह हुआ तो मेरे पति ने उन्हीं के आग्रह पर ब्रुकहिल में अपना स्टेज शो दिया। उन दिनों, नैनीताल में कोयले का अत्यधिक अभाव था और कोयला अशर्फियों के मोल बिक रहा था–एक तो कड़ाके की ठंड उस पर कोयला नहीं। पति के जादू-प्रदर्शन के दूसरे दिन उठी, तो देखा स्वयं कोयले का दोय्याल ठेकेदार, चार कुलियों की पीठ पर बोरियाँ भर कोयला लादे नम्रता से दुहरा खड़ा है।

'लीजिए सरकार, आपके लिए है।'

'मेरे लिए?' मैं चौंकी, कई बार तो इस ठेकेदार के पास जाकर निराश हो लौट आई थी।

'नहीं, कोयला नहीं है मेमसाहब' उसका रूखा उत्तर दो ही दिन पूर्व, मुझे निराश कर चुका था–तब, आज, अकारण ही यह कृपा कैसे हो गई?

'हजोर, गलती माफ हो' उसने नैपाली टोपी उतारकर, बड़े सम्मान से सिर झुका दिया। 'साब से हम 'भन्यो' (कहा) कोयला नहीं है। कल साब का जादू देखा मेमसाहब, नहीं देगा तो साब भेड़-बकरा बना देगा हजोर,' उसकी खिसियाई हँसी में सचमुच भेड़ बना दिए जाने का त्रास प्रतिबिम्बित हो उठा था। पति के जादू की ख्याति ने, मुझे उस दिन कोयलों का जो अलभ्य उपहार दिया वह कभी भूल नहीं सकूँगी। उनका वही जादू-प्रेम, उनके रक्त-मांस में था और कभी-कभी तो मुझे भी लगता था, जैसे वह केवल हाथ की सफाई ही नहीं थी, देवदत्त प्रतिभा का भी अलौकिक वरदान उन्हें प्राप्त था। कहीं भी डुगडुगी बजती, तो फौरन पेशेवर बिरादर को न्यौता जाता। कभी-कभी उनके बड़े ही रोचक संस्मरण सुनने का सौभाग्य, मुझे भी प्राप्त होता। गत वर्ष, एक ऐसा ही बाजीगर न जाने कहाँ से चला आया। 'अब हमें कौन पूछता

है सरकार' उसने अपनी सफेद दाढ़ी को सहलाकर बड़े टूटे स्वर में भूमिका बाँधी थी–'अब लोग सनीमे का जादू देखते हैं, बाजीगरों का नहीं।' फिर उसने अपनी फटी वास्कट की जेब से, कितने ही जीर्ण-शीर्ण प्रमाणपत्र, अख़बार की कतरनें निकाल कालीन पर फैला दी थीं, सर मौरस ग्वायर, मैकडोनेल्ड, सर फ्रांसिस बिली और न जाने कितने अंग्रेज लाट-कमिश्नरों की मेम लोगों की चिट्ठियाँ। 'ये देखिए सरकार, डलहौजी पहाड़ पर खुद लाट साहब बहादुर ने हमारी फोटू खींच, अंग्रेज़ी रिसाले में छपवाई थी, यह घड़ी भी, उन्हींने बकशीश में दी थी–' घड़ी के विलुप्तप्राय अक्षरों की ही भाँति उसकी अखबार में छपी फोटू भी धुँधली हो चली थी, फिर भी उसके वार्धक्य-जर्जर हाथों में अब भी भारतीय बाजीगर की वही ऐतिहासिक सफाई थी, जिसने कभी कला-पारखी फिरंगी लाट-कमिश्नरों को बाँधा था। धड़ाक से, दुबला झुर्री पड़ा हाथ उसने शून्य आकाश की ओर ताना और 'परवरदिगार दे' कह न जाने किस अन्तरिक्ष से तीन ताँबे-पीतल की अँगूठियाँ बटोर, हमारे सम्मुख धरा पर बिखेर दीं। जब उसने हाथ उठाया था तब ढीले कुर्त्ते की बाँह कंधे तक चढ़ी थी और रिक्त हथेली एकदम खाली थी–'अब आप ही बताइए सरकार, ये सब खेल क्या सड़क के चौराहे पर दिखा सकता हूँ?' ठीक ही कहा था उसने, जमाना ही नहीं बदला, हमारे चौराहे भी बड़ी बेरहमी से बदलकर पराए हो गए हैं। एक ओर लाटरी के तम्बुओं से आता माइक का कोलाहल, दूसरी ओर ट्रैफिक का उमड़ता समुद्री उफान, जुलूस, हड़ताल, माँगों की अभ्रभेदी गूँज–ऐसे कोलाहलपूर्ण चौराहों पर भला अब कौन कलाप्रेमी बाजीगर शून्य अन्तरिक्ष से अँगूठियाँ खींच, धरा पर बिखेर सकता है।

तीन

इसमें कोई सन्देह नहीं कि हमारे चौराहों के सस्ते मनोरंजन की परम्परा अब समाप्तप्राय है। बाजीगर, नट, कठपुतली, सँपेरों के बहुचित्रमयी हृदयग्राही रूप अब समय के साथ-साथ विलुप्त हो चुके हैं। कभी-कभार नागपंचमी के अवसर पर, गुरु गोरखनाथ के बीन की सुपरिचित गूँज, अभी भी विगत दिवसों की स्मृति कुरेद जाती है, किन्तु विज्ञान ने अब मानव को कान उमेठकर सिखा दिया है कि नाग को बीन का संगीत नहीं झुमाता, झुमाता है स्वयं हिलती बीन

का अंकुश, विधाना ने उसे श्रवण-शक्ति से वंचित किया है। कभी इन्हीं सँपेरों की विचित्र वेशभूषा, इनका प्रमुख आकर्षण थी–रहस्यमय जटिल जटाजूट, राजस्थानी ढंग से सँवरी, बीच से विभक्त पंखे-सी फैली दाढ़ी, उसी में एकाकार हो गई मूँछें, कंधे तक लटके भगवे साफे का पटुका, कानों को फाड़कर झूलते भैंस के सींग के गोरखपंथी कुंडल, कंधों पर बाँस के काँवर से लटके गेरुआ थैली में बँधी टोकरियाँ, और उन टोकरियों से क्रुद्ध फूत्कार छोड़ते एक से एक भयंकर विषधर, शंखचूड़, धामन या घोड़ापछाड़, उड़नेवाला बेतिया सिगरेट के डिब्बे में बन्द, ऐसा काला बिच्छू जिसके उद्धत डंक दर्शकों की रीढ़ की हड्डी को, झुनझुने-सा ही झुनझुना देते! उस पर, फीरोज़ा मूँगा जड़ी दुनाली बीन पर कैसी-कैसी अनोखी धुनें, कई रससिद्ध दर्शक चवन्नी देकर, गुरु गोरखनाथ वाली फरमाइशी धुन का आग्रह करते और सुनते ही स्वयं भी सम्मोहित नाग के साथ झूमने लगते। स्वेच्छा से ही विषधर को उत्तेजित कर सँपेरा अपनी कलाई पर नागदंश दिला, रक्त छलछला देता, और फिर एक विचित्र-सी विषबूटी निकाल, दंश पर घिस देता। देखते ही देखते सद्यःविज्ञापित जड़ी धड़ल्ले से बिक जाती। अब ऐसी जड़ी-बूटी से मानव का विश्वास हट गया है और अब न उसके कार्य-संकुल जीवन में इन हल्के-फुल्के मनोरंजनों के लिए अवकाश ही रह गया है।

ऐसे ही नट के ढोलक की मांसल थपेड़ भी अब व्यर्थ ही जाती है। पहले वही ढोलक की थपेड़, पाइड पाइपर की वंशी की भाँति, राहचलते राहगीरों को दर्शक बनाकर, खींच ले जाती थी। आगे-आगे ढोलक बजाता नट, पीछे-पीछे चल रही दुबले-पतले सींकियाँ नंग-धड़ंग पुत्रों की युगल जोड़ी। नट भीड़ के पुष्ट घेरे से सन्तुष्ट होकर अपने नन्हें नटों को ललकार, ढोलक पर मांसल थपेड़ से चौताल का-सा ठेका लगाता, और अपने अद्भुत लचीले कंठस्वर की गुलेल का रबर खींचता–

'धीरे-धीरे चलना जी मोर बनकर, चलना जी ज्ञान की बाजी देना जी–'

देखते ही देखते, उस नन्हें नग्न शरीरों को, पिता का आदेश रबर-सा लचीला बना, तोड़-मरोड़ कभी बनाता बिच्छू कभी मोर!

नट की ही भाँति, निर्जीव कठपुतली को हाथ से लटकाए अली-गलियों से गुजरनेवाला तमाशा-निर्देशक अब भी गुजरता है, किन्तु दिन-रात के उपद्रवों से शंकित मानव-चित्त उसे अपनी उल्लसित दृष्टि के आह्वान से अब आमन्त्रित नहीं कर पाता। अब, उसे, ऐसे कुख्यात कबीले के सदस्य के रूप में पहचाना

जाता है, जो दिन-भर हाथ में कठपुतली लटकाए, गृहों की समृद्धि आँकता है और रात-आधी रात रोशनदान से कूद, चोरी-डकैती करता है। पहले, हर मुहल्ला उसे बाँहों में भर रात के तमाशे का समुचित पारिश्रमिक का बयाना देकर, बड़े उत्साह से, स्वयं उसके रंगमंच की सृष्टि में जुट जाता था। रंगमंच की पृष्ठभूमि में रहती मुहल्ले की सबसे चौड़ी मूँज की खटिया, मुहल्ले की ही किसी पवित्र सम्पन्न गृह की फूलगमले कढ़ी दो सूती चादर फिर उस खड़ी की गई खटिया की शोभा बढ़ाती। कच्ची मिट्टी के फर्श से छिड़काव के छींटों की सौंधी महक उठने लगती और दिन-भर जहाँ गोबर-कूड़े-कचरे का ढेर पड़ा था, वहीं झकाझक झाड़कर, दरी बिछा दी जाती, फिर लगता शहनशाह अकबर का दरबार! एक-एक कर, तागे से बँधे अकबर के नवों रत्न, एक ही-सी, दाढ़ी-मूँछों की रससिक्त हँसी बिखेरते, रंगमंच पर अवतरित होकर अपना-अपना आसन ग्रहण करते, फर्राश आकर झाड़ू लगा जाता, भिश्ती पानी छिड़कता और शहर कोतवाल, पटापट हंटर चलाता, सरल दर्शकों को अपने गालियों के मौलिक संग्रह से हँसा-हँसाकर दुहरा कर जाता। फिर डोरी से बँधी उतरतीं मोती जान—जैसी ही मुद्रा, वैसा ही लास्य, सुराहीदार भव्य ग्रीवा, खटाखट इधर-उधर हिलाती-डुलाती अपनी पतली बलखाती कमर को फिरकी-सा घुमा देतीं। उधर मूँज की खटिया के नेपथ्य से, एक मरियल-से दूध पीते बच्चे को छाती से लगाए, स्वयं मंच-संचालक की कानी पत्नी, अपनी तीखी आवाज में पार्श्व-संगीत प्रस्तुत करती, 'निगाहों से बचकर कहाँ जाइएगा, जहाँ जाइएगा हमें पाइएगा!' हर कठपुतलीवाले की गायिका-पत्नी एक आँख से वंचिता ही क्यों रहती है यह रहस्य अन्त तक रहस्य ही बना रहता। कभी-कभी शाही दरबार में गले से सार्डिन का एक जंग लगा टीन लटकाए, बार-बार मारे जाने पर, अचल मुर्दे का अभिनय कर फिर सहसा जीवित हो टीन पीटकर गाने लगता शाही विदूषक 'थोड़ी-थोड़ी और बजेगी'। उस विदूषक के परिहास का स्तर, कभी-कभी अश्लीलता की परिधि को लाँघ जाता और दर्शकों को उसकी सस्ती रसिकता लोटपोट कर जाती। आज गुलाबो-सिताबो के वे तमाशे, हमारे देश की राजनीति में ही घुल-मिलकर एकाकार हो गए हैं। शहंशाह अकबर का दरबार भी लगता है, बड़े आडम्बर से छिड़काव भी होता है, शहर कोतवाल का हंटर भी है डोरी से बँधे, एक ही-सी हँसी बिखेरते सभासद भी उतरते हैं, उसी तत्परता से संचालक की डोर जब चाहे तब शून्य नेपथ्य में, उन्हें खींच भी लेती है पर अब नहीं रहा वह शाही विदूषक, जो लाख मारे-पटके

जाने पर भी, समय-समय पर दर्शकों को गुदगुदाने उठ बैठता था—'थोड़ी-थोड़ी और बजेगी...'—सस्ते मनोरंजनों की स्मृति भी, अब कालचक्र ने धो-पोंछकर बहा दी है।

चार

हमारे पुराणों ने विवाह को मानव का एक अनिवार्य कर्तव्य माना है। न एकाकी पुरुष पूर्ण है—न एकाकी नारी। पुराणों ने विवाहानुकूल कन्या के शील एवं लक्षणों की भी विशद व्याख्या की है। जो अति श्यामवर्ण हो या पांडुवर्णा हो, जो रोगिणी हो, जिसके अंग दुर्बल हों या बहुत भारी हों, जो स्वभाव से कर्कश हो, कौवे के समान रूखा बोलती हो, जिसकी पलकों पर बाल न हों, जिसके हँसते समय कपोलों पर गड्ढे पड़ते हों, जिसके दाँत छितरे हों, ऐसी स्त्री से विवाह करना अपेक्षित नहीं है। ऐसी दोषयुक्त कन्या के अवगुणों को छिपाकर यदि पिता कन्यादान करता है तो वह अपराधी है, ऐसे कन्या-प्रदत्तक को राजा अवश्य दंडित करे। उस युग ने उसे अपराध का दंड भी नियत किया था, पिता छियानवे पण चुकाने पर ही उस अपराध से दंडमुक्त होता था। आज विवाह के वक्ष्यमाण केवल आठ विभिन्न वर्गों तक ही सीमित नहीं हैं। ब्राह्म, दैव, अषि, प्राजापत्य, असुर, गांधर्व, राक्षस तथा पैशाच की अष्ट विधियों का अब कोई महत्त्व नहीं रहा। समाज का न अब वह अनुशासन ही रहा न वह भय। वैसे ही समाज की स्मृति ऐसे अवसरों पर क्षणस्थायी ही रहती है। जब-जब उसके किसी सदस्य ने स्वेच्छा से विवाह कर उसकी मर्यादा का उल्लंघन किया तब-तब उसकी क्रुद्ध भृकुटि उठी अवश्य है, किन्तु फिर उसी तेजी से गिर भी गई है, मानव के ऐसे अपराध, अब उसकी दृष्टि में नगण्य हैं। अनुलोम या प्रतिलोम विवाह की संतति को वर्णसंकर वह भले ही कह ले, किसी को अब उसकी चिन्ता नहीं रही। अपने अनुशासन के शैथिल्य के लिए बहुत कुछ अंश में स्वयं समाज ही दोषी है। विवाह जैसा पावन संस्कार भी आज दूषित होने से वंचित नहीं रहा। हमारी लोलुपता ने उसे स्वयं ही अत्यन्त जटिल बना लिया है, दहेज प्रथा का राक्षसी मुख, समय के साथ-साथ नित्य विस्फारित होता ही जा रहा है। विष्णु-पुराण की व्याख्या, अब इस युग में नहीं चल सकती। भले ही कन्या छिद्रदन्ता-श्यामवर्णा हो, भले वह कर्कश हो, उसका

चेहरा पुरुषोचित हो, किन्तु यदि उसका पिता वर की नीलामी में सर्वोच्च बोली बोलने में समर्थ है, तो उसके सब दोष क्षम्य हैं। कहीं-कहीं तो सुयोग्य वर के मूल्य भी निर्धारित कर दिए गए हैं। इंजीनियर या शासकीय अधिकारी को सर्वाधिक महत्ता दी गई है, पचास हजार का तिलक माँग, वह जीवन-भर मूँछों में ताव दे सकता है, साथ ही उसकी रत्नगर्भा जननी विवाह सम्पन्न होने तक अपनी छोटी-मोटी माँगों से कन्यादायग्रस्त माता-पिता को त्रस्त कर सकती है। फ्रिज, टेलीविजन, स्टील के बर्तन की अलमारी, स्टील के बर्तन, निर्धारित सुवर्ण राशि के गढ़े गए आभूषण, आदि-आदि। यह भारत का दुर्भाग्य है कि आज यहाँ का प्रत्येक पिता हाजी मस्तान नहीं है। कन्या के विवाह के लिए कम से कम आठ-दस तोले का जेवर गढ़ाना उसके लिए अनिवार्य हो उठता है। एक ओर कमर-तोड़ महँगाई, दूसरी ओर विवाह की सज्जा, बत्तियों की जगमगाहट, बैंड, बरातियों का भोज, कॉफी, काजू और सर्वोपरि, जामाता की पत्र-पुष्प से सेवा का प्रबन्ध बेचारे कन्या के पिता को इस लोक में ही जीवन्मुक्ति दिला देता है। आडम्बरपूर्ण खोखला प्रदर्शन आज हमारे निर्वीर्य जीवन का अभिन्न अंग बन गया है। इससे हमें मुक्त होना ही होगा। यह तब ही सम्भव है, जब हमारे समाज का तरुणवर्ग स्वयं दहेज के इस दानव से जूझने का दृढ़ संकल्प ले। मुझे इस सन्दर्भ में अपनी एक दुःसाहसिनी सहपाठिनी का स्मरण हो आता है, जिसने आज से तीस वर्ष पूर्व एक ऐसे अर्थ-लोलुप परिवार को उचित सबक सिखा दिया था, जिसकी उन दिनों उच्च बंगीय समाज में विशेष ख्याति थी। इला, देखने में जितनी ही कुत्सित एवं कदर्थ थी, स्वभाव था उतना ही आनन्दी। उसका प्रत्येक अवयव, लाइफ साइज से कुछ बड़ा ही था, उस पर रंग था घोर कृष्णवर्ण, हँसती तो दीवारें ढहा देती, गाती तो दिशाएँ गूँज जातीं। कीर्त्तन में उसके कंठ की अनोखी ही खनक रहती। अपने मेघाक्रांत शरीर या भीमकटि की विराट परिधि की, उसे कभी कोई चिन्ता नहीं रहती। पिता बहुत बड़े जमींदार थे और इला थी उनकी इकलौती पुत्री, इसी से आए दिन उसके लिए रिश्ते आते और तार आता, ''फौरन चली आओ''। बंगाल में विवाह से पूर्व कन्या देखने की बहुत पुरानी परम्परा है 'कैने देखा'। इला हँसती, लजाती जाती और चेहरा लटकाए लौट आती। हम जान जातीं कि उसे देखनेवालों ने उसे नापसन्द कर दिया। परीक्षा से कुछ ही दिन पूर्व जब एक दिन फिर पिता का तार आया ''फौरन चली आओ'' तो वह बौखला गई। ''इस बार ससुरों ने पसन्द नहीं किया तो ठिकाने लगाकर ही लौटूँगी'' कहकर वह गई और

जब लौटी तो उसका खिला चेहरा देख हमने उसे घेर लिया। "क्यों इस बार पसन्द कर लिया ना तुझे?" "नहीं जी, इस बार उनके पसन्द का प्रश्न ही नहीं उठा, हमने ही उन्हें नापसन्द कर दिया। पूछने लगे, 'नाचना जानती हो? गाना जानती हो? नाचकर दिखाओ, रवीन्द्र-संगीत सुनाओ—कौन-कौन-सी पुस्तकें पढ़ी हैं?' मैं चुपचाप उनके अविवेकी प्रश्नों का उत्तर देती रही, फिर लड़के का बाप बोला, 'अच्छा बताओ तो माँ, यदि तुम्हारे घर में किसी को चेचक निकल आए तो क्या करोगी? कैसे सेवा करोगी उस रोगी की?'

"मैं तमक गई, बोली, 'बूढ़े, चेचक निकले तेरे घर में, क्या तू मेरे होम साइन्स का प्रैक्टिकल लेने आया है? आज तक तुझ जैसे न जाने कितने बाप अपने बेटों सहित मेरे पिता के मत्थे कितनी बार खा-पीकर, मुझे अँगूठा दिखा गए, दहेज तो मेरा पहले से ही नियत है, पिता चालीस हजार देंगे, तू जानता है, फिर चेचक से क्या करेगा, तुझे बहू चाहिए या नर्स?"

बेचारी इला का विवाहाकाश तो मलिन हो गया किन्तु उसके जीवनाकाश को, उसके स्वयं के साहस ने उसी क्षण निर्मल कर दिया।

पाँच

हमारा देश, उत्सवों का देश है, पुराणों में भी चार प्रकार के उत्सवों के विषय में सूचना दी गई है, महोत्सव, समाजोत्सव, देवोत्सव और वृक्षोत्सव। आज भी भारतीय उतने ही उत्सवप्रिय हैं, उनके उत्साह-उद्दीपन में आज भी कोई अन्तर नहीं आया, किन्तु उस उत्साह का निर्वाह निश्चय ही उनके लिए कठिन हो गया है। एक साधारण गृहस्थ के लिए अब प्रत्येक त्योहार, उत्सव और उससे संलग्न मेला, एक सिरदर्द लेकर ही आता है। दशहरा-दीवाली हो या ईद-बकरीद, किसी भी उत्सव का सम्पूर्ण रूप से निर्वाह आज सबके लिए सम्भव नहीं रह गया है। कभी-कभी दुःख भी होता है कि महोत्सवों का जो आनन्द हमने उठाया है, उसकी कल्पना भी धीरे-धीरे आनेवाली पीढ़ी के लिए एक दन्तकथा बनती जा रही है। मेले अब भी जुटते हैं, किन्तु अब वह धूम कहाँ, जब मेले की ओर उमड़ती भीड़ का रेला अपनी पदधूलि से धूसर कुहेलिका का जाल फैला देता था। मुँह में धूल, नाक में धूल, कहीं बच्चों का कलरव, कहीं वंश-पिपरी की पें-पें और कहीं नागरदोले की चर्रख-चूँ। मेले में उल्लास

सर्वत्र एक-सा ही रहता, चाहे वह उत्तराखंड की नन्दा देवी का मेला हो, लखनऊ की गुड़ियों का या रामपुर की ईद का। मैंने मेलों के बहुचित्र रूपी हृदयग्राही दृश्य देखे हैं। बुन्देलखंडी कूडादेव के मेले का आयोजन बृहत रहता, बित्ते-बित्ते भर की दूरी पर फैली अँकना-कँकना, हुमेल, चन्द्रहार की दुकानों ने मेरे कैशोर्य की आँखों को चौंधियाया है। काँकरेजी कछौटा बाँधे लम्बी-लम्बी बुन्देलखण्डी ललनाओं का दल तब अपनी तीखी आवाज से दिशाएँ गुँजाता मेले से गुजर जाता था—आ जाऊँगी बड़ी भोर दहिया लेके, ना मानौं चुनरी धरि राखौ मोतियन लागी छोर, आ जाऊँगी बड़ी भोर।

बड़े-से शामियाने के द्वार पर चेहरे को रंग-बिरंगी बुँदकियों से रंग, नाचता-कूदता जोकर मेले का प्रमुख आकर्षण रहता—'आइए, आइए, दो सिरवाली लड़की, सिर्फ इकन्नी में देखिए। अपने पूरे पचास दुबले, पतले, मोटे, तगड़े चेहरे देखिए। सिर्फ दो पैसे में।' दो चेहरेवाली लड़की भी देखी जाती, फिर विभिन्न जादुई शीशों में अपने चेहरे के पचास विकृत रूप देख हम निहाल होकर लौटते। सौराष्ट्र के मेले की दूसरी ही छटा रहती, राजकोट की नवरात्रि का उल्लास किशोरियों के कंठ से एक मादक स्वर-लहरी में फूट उठता—'पर्वत थी तमें उतरयाँ हो, भोरी भवानी माँ...'

नन्दा देवी के मेले का भला क्या कहना? बलि के लिए महिष जाता भी तो ऐसे झूमकर जैसे सेहरा बाँधे दूल्हा हो। पीछे-पीछे गाती-बजाती भीड़, काले लहँगे, कमर पर कसा धोती का आँचल, कंठ में हुलसती मूँगे-चाँदी की मालाओं का वैभव और स्वर-लहरी की मौलिक मिठास—'मार झपेका नन्दा देवी कौतिका लागो मार झपैका, मार झपैका, मैं कै लै जाँण दीयो ज्यू हो मार झपैका।' सहमी उल्लसित बहू का सास से मेले में ले चलने का दुलार-भरा आग्रह!—मेले का प्रत्येक चेहरा ही उल्लसित रहता, युवतियों के चेहरे पर हाथ-भर पहनी गई चूड़ियों का उल्लास; बच्चों के चेहरे पर हाथ में कसकर पकड़े गए मिट्टी के खिलौनों का उल्लास। न जाने कितने नन्हें हृदय मेले के एक दिन पूर्व से ही स्पंदित होने लगते। मुझे स्वयं अपने बचपन की याद आती है जब रामपुर के ईद के मेले के एक दिन पूर्व ही मैं और मेरा छोटा भाई, अपने सुपरिकल्पित मेला-बजट का निर्माण करते। उस परिकल्पना में भी वही सतर्कता बरती जाती, जो केन्द्रीय बजट के निर्माण में बरती जाती है, कहीं ऐसा न हो कि 'लीक' हो जाए और हमारे बजट के समृद्ध या दुर्बल पक्ष को, बड़े भाई-बहनों का विरोधी दल भाँप ले। मेले में हमारी बाल तृष्णा सहसा प्रौढ़ा बन उठती, एक

से एक रंग-बिरंगे खिलौनों को सतृष्ण दृष्टि से निहारते, हम कोरे ही निकल जाते, अन्त तक अपने कोष की रक्षा कर बड़ी सूझबूझ से ही फिर खरीदारी होती और दिन डूबे, ढेरों मिट्टी के खिलौने, चूड़ियाँ, मालाएँ, वंशी लेकर हम घर लौटते।

आज भी जब दशहरे के मेले के अवसान के साथ मुहल्ले-टोले के बच्चों की लौटती भीड़ की वंशी सुनती हूँ, तो अतीत की अपनी उसी मेले में खरीदी गई वंशी की गूँज एक बार फिर स्मृतियों की बिसरी गली में खींच ले जाती है। मिट्टी के खिलौने अब भी हैं किन्तु जिन दो पैसों में हम कभी पूरी गृहस्थी का सामान एक नन्हीं-सी मिट्टी की थाली में बटोर लाते थे, उन दो पैसों की भीख भी आज का भिखारी ग्रहण नहीं करता। क्या नहीं आता था उस थाली में? चूल्हा-चक्की, चकला-बेलन, तवा और मिट्टी के सजे खिलौनों की टोकरी आती थी। कुल चार आने में खरबूजा, अनन्नास, केला, सेब, उस पर फलाहार के पश्चात् जीवन्त सुपारी और प्राणवान इलायची की भी व्यवस्था रहती। खिलौनों की वह फ्रूट बास्केट आज भी मिलती है, किन्तु उनके रूप-रंग में अब वह बहार नहीं रही। पहले का केला था कि जी में आता कि अभी छीलकर खा डालें। होली आती तो मिट्टी की वही इलायची, सुपारी अतिथियों को असली पान के बीड़ों के साथ पेश की जाती, असली पान मुँह में डाल, जहाँ नकली इलायची छीलने अतिथि अँगुलियाँ समेटता, वहीं उसे अपदस्थ किए का ठहाका गूँज उठता। आज मिलावट के इस युग में जब असली इलायची ही अपने महँगे मूल्य के कारण हमारे लिए मिट्टी की बन चुकी है, तो बेचारी नकली इलायची का क्या दोष? फिर एक बात और भी है, हमारा उल्लास भले ही पूर्ववत् रहे, हमारी रुचि अब बदल गई है। संक्षेप में कहा जाए तो अब हममें से अधिकांश भारतीय 'हाईब्राड' हो गए हैं। मेले में अपने बच्चों को भेजना हमें अच्छा नहीं लगता, हमारे बच्चों के लिए हमारी मर्यादा के अनुकूल अनेक उत्सव हैं जहाँ वे पिटती तालियों के बीच मोमबत्तियाँ फूँक केक काट 'हैपी बर्थ डे' गाते हैं या स्कूल के परिष्कृत 'फेट' का आनन्द उठाते हैं। अब मिट्टी के भिश्ती, 'ईदगाह' में वर्णित वकील साहब, मुस्कराती गुजरिया, मोटे पेटवाले सेठ-सेठानी की युगलबन्दी, करतल के स्पर्श से ही निरन्तर मूँड हिलानेवाला बुड्ढा, हमारा मनोरंजन नहीं कर सकते। करें भी कैसे? हँसी अब बड़ी कठिन साधना से आती है। स्वाभाविक परिहास अपना महत्त्व खो बैठा है। कभी टके के दो बिकने वाले इन खिलौनों की मुद्रा में न अब वह स्वाभाविकता ही रही,

न भव्यता। आडम्बर का खोखलापन उन्हें भी डँस गया है। ग्लूकोज की मिलावट, प्राण-संजीवनी रक्त की बोतलों में मिलावट, कब्र से खोदे गए कंकालों की अस्थियों का व्यापार, अन्नाभाव में पेड़ के पत्तों का भक्षण, तस्करी, चोरबाजारी, हत्या, डकैती का आतंक, उन निर्जीव पुतलों को भी पहली बार निर्जीव बना गया है। खिलौनों की दुकानों पर सजे भिश्ती, वकील, गुजरिया का वंश अभी भी निर्मूल नहीं हुआ। दीवाली आ रही है, अभी भी उन्हें देख कितने ही नन्हें हृदय हमारी ही भाँति उल्लास से स्पंदित होंगे। किन्तु, कितने नन्हें हाथ, उन ऊँची दुकानों तक पहुँच पाएँगे? खीले के स्तूपाकार पर्वत, गट्ट बताशों की छोटी-छोटी पहाड़ियाँ, दीपों के ढेर, क्या अपने गगनचुम्बी भाव से ग्राहक के उल्लास को अन्त तक अक्षुण्ण रख पाएँगे? खाँड के वे मनोहारी अश्व, हाथी, ताजमहल किसी साधारण गृहस्थ के थैले को, अपने खंडित कलेवर की आधा किलो से अधिक समृद्धि से क्या अब वजनी बना पाएँगे? शायद नहीं, और यही कारण है कि आज किसी भी उत्सव की अगवानी हमें आतंकित ही अधिक करती है, उल्लसित कम।

छह

अथर्ववेद के एक मन्त्र में, सौ वर्ष से भी अधिक जीने की कामना की गई है—

'पश्येम शरदः शतम्
जीवेम शरदः शतम्'

जीवन को, सौ वर्ष तक जीने का, यह आशामय उल्लास इस युग में कोई अर्थ नहीं रखता। वस्तुस्थिति ऐसी है कि भयभीत मानवता के लिए इस कमनीय कामना का कोई महत्त्व नहीं रह गया है। अब तो 'धन्या जनाः ये मृता' 'धन्य हैं वे जो मृत्यु को प्राप्त हो गए हैं' कहने का समय आ गया है। समृद्ध एवं सुसभ्यतम परिवारों का अनुभवी वार्धक्य भी अब शायद ही इस कामना से अनुप्राणित हो, सौ वर्ष तक जीने का वरदान माँग पाए। आज, जहाँ हमने अपने सभ्य जीवन को, अनेक नवीन उपलब्धियों से समृद्ध किया है, वहीं अपनी संस्कृति की अनेक पुरातन उपलब्धियाँ गँवा भी दी हैं। समय के साथ-साथ, हमारी मान्यताएँ बदली हैं, सुखी संयुक्त परिवारों की अब स्मृति

ही शेष है। उन परिवारों में, यदि दुख था तो सुख एवं सुविधाएँ भी कम नहीं थीं। जैसे प्रखर विरोधी दल के अभाव में सशक्त सत्ताधारी राजनैतिक दल भी एक दिन अपनी सत्ता खो बैठता है, ऐसे ही आत्मकेन्द्रित परिवार, अन्य आत्मीय स्वजनों की उपस्थिति के बिना, धीरे-धीरे स्वार्थी एवं निरंकुश तानाशाह बनता, एक दिन स्वयं अपनी ही नींव खोद देता है। आपस में स्नेह, सौहार्द्र, एक-दूसरे के सुख-दुख में भागी होने के स्वाभाविक संस्कार धीरे-धीरे इन्हीं सम्मिलित परिवारों के अस्तित्व के साथ-साथ विलुप्त हो गए हैं। नानी, दादी की जो एक गौरवमयी गरिमा थी, उसे हम भूल चुके हैं। आज बहुत कम घर ऐसे मिलेंगे, जिनके दीवानखाने में गृह के दिवंगत बुजुर्गों के चित्र आँखों से टकराएँ। होंगे भी तो भीतर के किसी ऐसे कक्ष में, जहाँ से उनका पुराना पड़ गया लटका, सम्पन्न गृहस्वामी की परिमार्जित रुचि से सजाए गए ड्राइंग रूम की दीवारों को मलिन न कर सके। वहाँ, अब या तो खंडित मूर्तियों का आधिक्य मिलेगा या इकैबाना की जापानी सज्जा। आज के पितामह के लिए भी, स्मृतियों का दंश, निश्चय ही कभी-कभी असह्य हो उठता होगा। उनकी आँखों के सामने ही, पूरी पीढ़ी जिस तेजी से बदल गई है, उसे ग्रहण कर उदरस्थ कर पाना, क्लांत वार्धक्य के लिए सहज नहीं है। पौत्रों की कंधों तक लहराती अयाल, पौत्रियों की विचित्र मर्यादाहीन वेशभूषा, आधुनिका तीव्र गति से कार भगाती पुत्र-वधू का निरन्तर गतिशील भ्रमण, आधी-आधी रात तक चल रहे सहभोजों का मदालस अट्टहास, इन सबको आँखें मूँद, मक्खी पड़े दूध की ही भाँति घुटक लेना क्या सबके लिए सम्भव है? फिर बुढ़ापा भी कभी-कभी बचपन का-सा ही अधैर्य लिए आता है। नई पीढ़ी की झुकी मूँछें, उद्धत कंठस्वर की विद्रोही खीझ, उसे सहसा अतीत की ओर खींच ले जाती है। अपने युग के कठोर अनुशासन, अपने सेवाकाल की अफसरी की मर्यादा की स्मृति, उसे अवश्य ही खिन्न कर देती होगी। वैसे तो, किस सन्तान का हठीला कैशोर्य माता-पिता का सिरदर्द नहीं बनता? कौन पुत्र, कंठस्वर बदलते ही, पिता के अनुशासन की धज्जियाँ उड़ाने नहीं मचलता? एक उम्र आने पर, संसार का प्रत्येक पुत्र स्वयं को अपने पिता से अधिक बुद्धिमान समझता है, और प्रकृति का यही विचित्र नियम, फिर समय आने पर, उसी पुत्र के पुत्र को एक दिन, उसी-सा अबाध्य बना देता है। अन्तर इतना ही है, कि तब की पीढ़ी में पीढ़ी का यह अन्तराल कभी किसी पिता या पितामह को संत्रस्त नहीं कर पाया। इसका कारण एक यह भी था कि उच्च सामाजिक आदर्शों या

सिद्धान्तों की रक्षा के लिए मानव अपने व्यक्तिगत जीवन में, त्याग को ही सर्वाधिक महत्त्व देता था। वह आत्मकेन्द्रित न होकर, परिवार के सुख को ही अपना सुख समझता था। गृह के वृद्ध अनुभवी बुजुर्ग का अनुशासन परिवार के एक-एक सदस्य के सामाजिक एवं व्यक्तिगत आचरण को निरन्तर साधता रहता था। आज स्थिति वह नहीं रही। इसका अर्थ यह नहीं है कि हम अपने गुरुजनों का यथोचित सम्मान करना ही भूल गए हैं, किन्तु इतना हमें स्वीकार करना ही पड़ेगा कि पाश्चात्य शिष्टाचार का विष, हमारे समाज में भी पर्याप्त मात्रा में फैल चुका है। वहाँ, गृह के पितामह या पितामही अपना स्वतन्त्र जीवन जीने को बाध्य हैं, उनकी यही परम्परा है, किन्तु हमारी आदर्श परम्परा ऐसी नहीं है। कई वर्ष पूर्व, मेरा परिचय, अपनी बहन की प्रतिवेशिनी एक विदेशी वृद्धा से हुआ था। कभी, वह नैनीताल के सामाजिक जीवन का एक सुदृढ़ स्तम्भ थीं, कमिश्नरी का कोई भी जलसा उनकी उपस्थिति के बिना साकार नहीं होता था। पति थे सिविल सर्जन, और स्वयं वे थीं नैनीताल की ब्यूटी क्वीन। घुड़सवारी, मास्क बॉल, बाजार आदि आयोजित करने में उनकी विशेष ख्याति थी किन्तु क्रूर काल ने निमेष-भर में सब कुछ छीन लिया। धन, यौवन, पति-विहीना वह विस्मृत ब्यूटी क्वीन, 'विडोज होम' में एक कमरा लेकर रहने लगी। सुन्दरी पुत्रियाँ विदेश में बस गई थीं, तीनों पुत्रों को विदेश की ऊँची नौकरियों का आकर्षण वहीं का बना गया था। कई नाती-पोतों की जराजीर्ण नानी, भारत में ही रह गई थी। कभी-कभी नैनीताल की क्षणस्थायी धूप में, स्टील के भारी-भारी बक्सों के गरम कपड़े सुखाने बैठती, तो मैं भी चली जाती। अब दिवंगत पति, प्रवासी सन्तानों के ये ही कपड़े उनके सुदीर्घ पथ का पाथेय थे। सूखते स्वेटरों के साथ ही, पहननेवालों की स्मृति भी कभी-कभी उन्हें विचलित कर देती 'इस स्वेटर में रौबर्ट कितना प्यारा लगता था, और ये कार्डिगन मैंने 'मैकोल' को देखकर बनाया था।'

"आपके बच्चे आपको इतना बुलाते हैं, आप कहती हैं पुत्र इतने मातृभक्त हैं, बहुएँ ऐसी प्यारी हैं? तब आप इस उम्र में, इतनी दूर अकेली क्यों पड़ी हैं?" मैंने एक दिन पूछ दिया।

उन्होंने हँसकर मेरे हाथ थाम लिए थे। "नहीं जाती हूँ, इसी से इतना प्यार है, बच्ची। पास होती, तो क्या मुझे यह आदर मिलता? हमारा देश तुम्हारे भारत-सा उदार नहीं है, जहाँ बेटा मरे बाप को भी पानी देता है। तुम्हारी बहन को, अपने बुड्ढे सास-ससुर की सेवा करते देखती हूँ, तो ईर्ष्या होती है उनके

सौभाग्य पर! हमारे यहाँ केवल आडम्बर है, तुम लोगों का-सा शील-सौजन्य नहीं! हमारी बहुएँ मिलेंगी तो चूमचाट कर रख देंगी, ममी अगर रहने चली गई तो डाल देंगी किसी होम में।''

किन्तु आज उन्हीं होमों की क्षीण सम्भावना बेतिया साँप की-सी क्षीण काया लेकर हमारे बीच भी रेंग आई है। दिल्ली में, एक ऐसे ही होम में अनेक क्लांत पथिकों ने आश्रय ग्रहण किया है। यहाँ भी नानी-दादी का युग धीरे-धीरे दम तोड़ रहा है। पहले कभी गृह का दुधमुँहा बालक बीमार पड़ता था तो कौन-से बालरोग-विशेषज्ञों का आह्वान होता था? गृह की दादी या नानी ही होती थी एकमात्र अनुभवी चिकित्सिका! न तब माईसीन की ऐलर्जी का भय था न ट्रिपल वैक्सीन की चिन्ता, पेट में दर्द हो या कान में, उनकी अनुभव-कुशला दृष्टि चोर को चट से पकड़ लेती थी। किन्तु आज, मानव सभ्यता के जिस ऊँचे सोपान पर खड़ा है, वहाँ से दूर नीचे खड़ी दादी या नानी की मानवी आकृति धीरे-धीरे धूमिल पड़ती जा रही है। उनके अनुभव की कसौटी पर हमारा विश्वास नहीं रहा। 'सठिया गई हैं', 'अपनी ही कहे जाएँगी', 'बच्चों को सिर चढ़ा दिया है', 'ऐसे-ऐसे भारी पकवान खिला दिए हैं कि लीवर चौपट कर दिया' प्रायः ही ऐसे उद्‌गार पुत्रवधुओं की गोष्ठी में सुनने को मिलते हैं। किन्तु अब भी उत्सवों के संस्कार सम्पन्न कराने में, नानी-दादी की अनुपस्थिति आधुनिका गृह-स्वामिनी के प्राण कंठागत करा देती है! नानी-दादी ही तो अब उन संस्कार-गीतों का एकमात्र भंडार हैं जिनकी दुरूह स्वरलिपि, क्रमशः उन्हीं कंठों के साथ-साथ विलुप्त होती जा रही है। कन्या के विवाह के पूर्वांग की वेला में गृह का बुजुर्ग न हो तो कौन पितामह-प्रपितामह की नामावली को स्मरण रखे? हम कितने ही आधुनिक क्यों न हो जाएँ, जब तक ऋषि-ऋण, देव-ऋण और पितृ-ऋण इन तीन ऋणों से उऋण होने में सतत प्रयत्नशील न रहें, तब तक न तो हमारे व्यक्तित्व का ही समुचित विकास सम्भव है न हमारा सामाजिक अभ्युत्थान।

सात

गत वर्ष, लखनऊ के प्रख्यात स्वनामधन्य संगीतज्ञ, श्री द्विजेन्द्रनाथ सान्याल महोदय ने, मुझे श्री अतुल प्रसाद का गीत-संकलन 'गीत गुंज' (गीत गुंज)

देकर कहा था, "मैं चाहता हूँ तुम्हारे ही द्वारा इन गीतों का हिन्दी रूपान्तर हो, तुमने विधिवत् रवीन्द्र-संगीत की शिक्षा पाई है, तुम निश्चय ही इनके अनुवाद को इनकी सम्यक् स्वरलिपि सहित अक्षुण्ण रख पाओगी।"

मैं उन जैसे वरिष्ठ गुरुजन का आदेश कैसे टाल सकती थी, किन्तु इतना मैं उसी क्षण जान गई थी कि कार्य इतना सुगम नहीं है। एक भाषा से दूसरी भाषा में किया गया अनुवाद, चाहे कितना ही परिश्रम एवं लगन से क्यों न किया गया हो, कुछ अंश में, अपनी मौलिक मिठास खो ही बैठता है। उस पर जहाँ स्थायी, अंतरा, संचारी, अभोग के संगीत-तत्व की परिकल्पना को पद-पद पर कविता के सौन्दर्यतत्त्व का भी हाथ पकड़-पकड़कर चलना पड़े, वहाँ ईमानदारी से किया गया अनुवाद भी एक दुरूह कर्तव्य प्रतीत होता है।

श्री अतुल प्रसाद ने लखनऊ की विशिष्ट गायकी का बाँगला गायकी में सम्मिश्रण कर एक सर्वथा नवीन मधुर शैली को जन्म दिया था। आज भी कलकत्ता आकाशवाणी की कोई भी सभा 'अतुल प्रसादेर गान' के बिना सम्पूर्ण नहीं होती। श्री सेन, उन सौभाग्यशाली कवियों में से थे, जिनके कंठ में वाग्देवी जन्म से हीं मधु घोलकर रख देती है। संगीत एवं साहित्य, दोनों पर उनका समान रूप से अधिकार था। इसी से उनके गीतों में जो करुणा, माधुर्य एवं टीस है वह सुननेवालों को आज भी झुमा देती है। स्वयं गुरुदेव ने उनके गीतों की इस मौलिक मिठास से ही अनुप्रेरित होकर उन्हें 'अतुल, अतुलनीय' की उपाधि दी थी। उनका काव्य-संकलन 'गीत-गुंज' ब्रह्म समाज संघ ने प्रथम बार प्रकाशित किया और फिर तो आज तक उसके न जाने कितने संस्करण प्रकाशित हो चुके हैं। श्री रवीन्द्रनाथ ठाकुर ने उस संकलन के प्रथम पृष्ठ पर ही लिखी गई अपनी कविता में, उसका उचित मूल्यांकन किया है–

'मैत्री लव समुच्छल छिलो गाने गाने
अमरावतीर स्नेह सुधा झरा दाने'

मैं उनके दो ही प्रख्यात गीतों का ऐसा अनुवाद कर पाई हूँ, जिनमें मैंने उनकी स्वर-लिपि-छंद एवं काव्यगत सौन्दर्यतत्त्व को अक्षुण्ण रखने की पूरी चेष्टा की है। मैं अपने इस प्रयास में कहाँ तक सफल हुई हूँ, इसकी विवेचना श्री सान्याल जैसे गुणी संगीतज्ञ ही कर सकते हैं। कभी ये दोनों गीत, बंगाल की, अली-गलियों में गूँजते थे। आज भी ये उतने ही लोकप्रिय हैं, इसका आभास हुआ कुछ दिन पूर्व एक लोकप्रिय बँगला चलचित्र में इन्हें सुनकर। कभी रेणुका दासगुप्ता के कंठ-माधुर्य ने इन्हें धन्य किया था। समय कितना

बदल गया है। कभी भाषा न जानने पर भी, केवल कंठ की मिठास एवं स्वरलिपि का जादू किसी भी भाषाभाषी गुणी श्रोता के हृदय पर चोट करता था, अब पाश्चात्य संगीत एवं वाद्यवृन्दों के जमघट में डूबी स्वर-लहरी, भाषा जानने पर भी अनचीन्ही लगती है। किन्तु श्री सेन के गीतों का हिन्दी अनुवाद यदि सुकंठ द्वारा परिवेशित हो तो निश्चय ही उसी सुरम्य मनोरम परिवेश की सृष्टि कर सकता है जैसे उनका मौलिक प्रस्तुतीकरण करता है। उनके वे दोनों गीत हैं–

मिश्र विहाग

एकाकी मोर गानेर तरी
भाषिए छिलेम नयन जले
सहसा के एले गो
ए तरी बाहबे बले?
जा छिल कल्पमाया,
शेई आज धरलो काया
के आमार विफल माला
परिये दिल तोमार गले?
कैनो मोर गानेर मैलाय
एले ना प्रभात बेलाय
होले ना सुखेर साथी
जीवनेर प्रथम दोलाय
बुझि मोर करुन गाने
व्यथा तार बाजलो प्राने
एले डि दुकूल होते कूल मिलाते
एई अकूले?

(एकाकी गीत की तरी
बहाई थी नयन जल में
सहसा कौन आया रे
इस तरी का खेवैया
बहाई थी मैंने नैया
जो थी कल्प माया

आई क्या धर के काया?
मेरी यह विफल माला
पहन ली है क्यों खेवैया
बहाई थी मैंने नैया
सूनी रही प्रभात वेला
व्यर्थ गए गाने मेरे
हुए ना सुख के साथी
जीवन के पल अँधेरे
क्या मेरी करुणा तान
व्यर्थ से भर गए प्राण
आए हो दुकूल से
क्या कूल मिलाने
ए खेवैया?
बहाई थी मैंने नैया)

ग़ज़ल

कतो गान तो होलो गावा
आर मिछे कैनो गावा?
यदि देखा नाहि दिबे
तबे मिछे कैनो चावा?
यदि जतई मरी घूरे
तुमी रबे ततई दूरे
तबे कैनो बांशीर सुरे
तब तरे शुधू धावा
यदि आमार दिवाराती
केटे जाबे बिना साथी
तबै कैनो बधूर लागी
पथपाने शुधू चाबा?

(कितने गीत मैंने गाए
अब व्यर्थ ही क्यों गाऊँ?

तुम्हें मिलना ही नहीं है
व्यर्थ गाकर क्यों रिझाऊँ?
हूँ क्लांत दिशाहारा
एक-एक पथ मैंने निहारा
अपनी वंशी की लहरी
कब तक यूँ ही गुँजाऊँ
यदि मेरी दिवाराती
कट जाए बिना साथी
हे प्रिया, भटक-भटककर
तुम्हें खोजूँ कहाँ पाऊँ?)

आठ

इसमें कोई सन्देह नहीं, कि हमारे सामाजिक एवं राजनीतिक परिवेश की डगमगाती दीवारें, आज रह-रहकर हमें स्वयं भयभीत कर उठती हैं। आन्दोलन, धर-पकड़, बन्द, स्कूल-कालेजों के बन्द होने की घोषणा के समाचार सुन-सुनकर लगता है कि गठन-मूलक राजनीति अब धीरे-धीरे हमारे लिए एक भूली-बिसरी मधुर स्मृति मात्र रह गई है। तस्कर-विरोधी अभियान हो या केन्द्रीय मंत्रिमंडल का पुनर्गठन, हमें बराबर यही लगता है कि ताश के पत्ते फटाफट फेंटे जाने पर ही साहब-बीबी-गुलाम, भले ही इधर-उधर हो गए हों, रहेंगे बावन पत्तों के बीच ही। नृपनीति के अनेक रूपों की, हमारे शास्त्रों ने विशद् व्याख्या की है—

'सत्याऽनृता च परुषा प्रियवादिनी च
हिंस्रा दयालुरपि वार्थपरा व दान्या
नित्यव्यया प्रचुर नित्य धनागमा च
वेश्यांगनेव नृपनीतीरनेक रूपा!

एक वेश्या की ही भाँति राजनीति सत्य भी बोलती है, असत्य भी, परुष भी बोलती है, मधुर भी। मार-काट करने पर भी क्षम्य भी है, दयालु भी। नित्यव्यया है तो प्रचुर नित्य धनागमा भी है। किन्तु प्राचीनकाल की गणिका की भी एक गौरवमयी गरिमा थी, उसी का अस्तित्व कभी-कभी, उसके जीवन

के कलुष को भी धो-पोंछ देता था। आज राजनीति, अपनी वह गरिमा खो बैठी है। यदि हम ईमानदारी से वास्तविकता को स्वीकारें तो आज मनुष्य की किसी भी राजनीतिक दल पर अटूट आस्था नहीं रह गई है। ईर्ष्या, विद्वेष एवं स्वार्थपरताजनित दुर्नीतिपरायणता से आज कौन-सा राजनीतिक दल मुक्त है? मनुष्य की इस अनास्था का प्रभाव, किसी न किसी अंश में प्रशासन पर भी अवश्य पड़ता है। राजनीति यदि प्रशासन के मेरुदण्ड को भी उठाने-गिराने लगे तो अराजकता को भी दावाग्नि की ही भाँति भड़कने में विलम्ब नहीं होता। आज एक औसत बुद्धि का मनुष्य भी यह समझने लगा है कि किसी उच्च पद की नियुक्ति अब एक राजनीतिक नियुक्ति होती है। कर्मठता, प्रतिभा या चरित्र की दृढ़ता का अब उतना मूल्य नहीं रहा, जितना कि एक लचीले नम्र मेरुदंड का! किन्तु, प्रशासन जितना ही निर्वीर्य होगा, अराजकता उतनी ही बढ़ेगी—इसी बढ़ती अराजकता के साये में, समाज-विरोधी तत्त्व, कब घातक सर्पों की भाँति किन ओने-कोनों में दुबककर बैठ गए हैं हम जान भी नहीं पाएँगे, जानेंगे तब, जब अर्थनैतिक, सामाजिक एवं प्रशासनिक अराजकता के गहन अन्धकार के बीच भटकते हम स्वयं उनके क्रुद्ध उद्धत फनों से टकरा जाएँगे। यही बिहार में हो रहा है। आज जो असहाय असुरक्षा की भावना, बिहार के सामाजिक एवं राजनैतिक क्षेत्र में व्याप्त है, वही कल हमारे लिए भी सांघातिक सिद्ध हो सकती है।

दुर्नीति, आज हमारे देश में सर्वाधिक आलोचित व्याधि है, कोई भी प्रदेश इसके आतंक से मुक्त नहीं है। इसके आतंक ने वयस्क से भी अधिक त्रस्त कर दिया है हताश-विक्षुब्ध तरुण वर्ग को। उनका दावा है कि अपने अहिंसात्मक आन्दोलन से ही वे इसे जड़ से उखाड़कर फेंक देंगे। किन्तु दुर्नीति-उन्मूलन का उनका यह अदम्य उत्साह देश का अहित भी कर सकता है। दुर्भाग्य से दुर्नीति दुखते दाढ़ की भाँति एक ही झटके से उखाड़कर दूर नहीं फेंकी जा सकती, उसकी जड़ें दुखते मसूड़ों की तरह बहुत गहराई में जमी हैं। एक कुशल दन्त-चिकित्सक की ही भाँति, उन मसूड़ों को तराशकर ही जमी जड़ बाहर खींचनी होगी। फिर एक बात और भी है। किसी भी अहिंसात्मक आन्दोलन की गठन में दो तत्त्वों का होना अनिवार्य है। सुदीर्घ समय एवं अटूट धैर्य। धैर्य, एक ऐसा गुण है, जो वयस एवं अनुभव के साथ-साथ परिपक्व होता है। 'शनैः पर्वत लंघनम्' की ही भाँति दुर्नीति के पर्वतलंघन के पूर्व भी, हमें 'शनैः' लगाना होगा। तारुण्य की छलाँग, चाहे कितनी ही ईमानदारी एवं

उत्साह से क्यों न लगाई गई हो, उतावली में, पर्वत-लंघन के पूर्व ही, उत्साही छलाँग, भरनेवाले को किसी अनदेखी खन्दक-खाई में भी गिरा सकती है।

यदि इस अभियान के लिए, स्कूल-कालेजों के द्वार बन्द करने पड़ें, सड़कों पर बसों का यातायात आए दिन ठप्प होता रहे, भीमकाय रेल के इंजन की क्रुद्ध फूत्कार, उसके कंठ ही में सूख जाए तो क्या इसे भी एक सफल अभियान कह पाएँगे?

नौ

तस्करी रोकने के लिए, आन्तरिक सुरक्षा अधिनियम के लागू होते ही देश के कुख्यात तस्करों की बिरादरी में खलबली तो मची ही होगी, किन्तु कितने तस्कर-सम्राट इस अधिनियम के लागू होने की घोषणा से वास्तव में आतंकित हुए होंगे यह कहना कठिन है। दुर्भाग्य से, तस्करी आज ऐसा लोकप्रिय सोना उगलनेवाला उद्योग बन गया है, जिसकी पहुँच बहुत ऊँचे राजनीतिक तबके तक होने की अफवाह अब जड़ पकड़ती जा रही है। यही कारण है कि कई तस्करों की गिरफ्तारी का समाचार भी अब हमें आश्वस्त नहीं कर पाता। प्रायः ही सुनने को मिलता है कि "असली तस्कर तो मूँछों में ताव दिए घूम रहे हैं, यह धर-पकड़ तो केवल हाथ की सफाई और जमूरे की दुहाई-भर है।" वांचू कमीशन की रिपोर्ट के अनुसार, अभी भी भारत में दो हजार करोड़ रुपए का काला धन छिपा पड़ा है। इसी से तो तस्कर-सम्राट हाजी मस्तान ने गिरफ्तार होते ही अपनी मस्तानी अदा में दिए गए प्रवचन में स्पष्ट कह दिया—"मैं ऐसे अनेक राजनीतिक भिक्षुकों को जानता हूँ, जो दिन के उजाले में तो मुझे भद्दी गालियाँ देते हैं, किन्तु रात्रि के अन्धकार में, वे ही भीख का खप्पर तान मेरे सामने चुनाव-चन्दे के लिए गिड़गिड़ाने लगते हैं और फिर मैं क्या एक अकेला ही हाजी मस्तान हूँ? देश में मेरे जैसे अनेक-अनेक हाजी मस्तान हैं..."

दुर्गा सप्तशती में, एक रक्तबीज दैत्य के रक्त की एक-एक बूँद से शत-सहस्र रक्तबीजों की सृष्टि के विषय में तो पढ़ा था, किन्तु उसका संहार तो देवी ने अपनी दैवी शक्ति से चुटकियों में सम्भव कर दिखाया था। चामुंडा ने वदन विस्तीर्ण कर, रक्तबीज के रक्त से उत्पन्न समस्त दैत्यों को मुख में भर, उनकी सृष्टि का ही संहार कर दिया था, किन्तु हमारे युग के इस महादैत्य

का संहार इतना सहज नहीं लगता, लगता है कि इसके एक-एक रक्त की बूँद से नित्य नवीन दैत्यों का जन्म होता ही रहेगा।

तस्करी के धंधे की इस लोकप्रियता एवं प्रगति के लिए बहुत कुछ अंश में स्वयं हम ही उत्तरदायी हैं। भारत में बनी वस्तुएँ हमें सन्तुष्ट नहीं कर पातीं। मायसोर का शिफोन हो या कन्नौज का इत्र-फुलेल, पाश्चात्य सभ्यता की रतौंधी से अंधी बनी हमारी आँखों में, उतनी जँच नहीं सकती जितनी इंपोर्टेड जापानी शिफौन, बैमबर्ग जार्जेट या विदेशी परफ्यूम 'इंटिमेट', 'रैवलोन' या 'शैनेल'। राज्य के किसी बड़े जलसे में जाइए, चाहे वह राजभवन की पन्द्रह अगस्त की दावत हो या रवीन्द्रालय में आयोजित संगीत-समारोह, ऐसी ही परिचित विदेशी सौरभ की गम्भीर सुगन्ध से आपके नथुने फड़कने लगेंगे। इम्पोर्टेड परिधान की मौलिक सरसराहट, पहननेवाली की उच्चनासिका को और ऊँचा उठा उसके आँचल की विदेशी महिमा को स्पष्ट कर ही देती है। मैं तो सोचती हूँ, पाश्चात्य बनी प्रत्येक अलभ्य वस्तु ही हमारे देश की बनी वस्तुओं से श्रेष्ठ है, ऐसी कोई बात नहीं है। मेरा शैशव और कैशोर्य रियासतों में बीता है और विशुद्धतम रजवाड़ी नीले रक्त की महीयसी गति को मैंने बहुत निकट से देखा है। उनमें से अधिकांश रानियाँ, बेगमें, चाहे उनकी रियासत रामपुर हो या कपूरथला, ओरछा हो या जसदन, आए दिन की विदेश-यात्रा के बावजूद अपने देश की संस्कृति को नहीं भूलती थीं। प्रत्येक वर्ष भारत के प्रसिद्ध इत्रफरोश आते और 'हिना', 'मोतियाँ', 'शमातुलम्बर', 'खस'-जैसी मौलिक इत्र की नन्हीं-नन्हीं क्षीण कटि की सुन्दर शीशियों में पूरे वसन्तोत्सव की सामग्री जुटा जाते। उस सुगन्ध के रुई के फाये महल की दासियाँ दशहरा दरबार या ईद के उत्सवों पर हमारे कर-पृष्ठों पर मल जातीं और दिनों तक हमारे आसपास बेला, मोगरा और रात की रानी के असंख्य-अदृश्य पेड़ मह-मह महकते रहते। आज न वह सुगन्ध रही न सुगन्ध के पारखी। अब बेचारा भारत का गंधी भी क्या करे? उसे दूर ठेल आज विदेश की ऐलीजैबेथ आर्डन भारत की नारी की परिमार्जित रुचि का वरण कर चुकी है।

हमारी संस्कृति कभी शृंगार-प्रसाधनों के अनुभूत नुस्खे विदेशों को निर्यात करती थी, यह हम भूल गए हैं। तब उस युग के अद्‌भुत 'शैम्पू' आज के इस नाम के बड़े दर्शन के छोटे केश-प्रसाधनों को चुटकी में उड़ा सकते थे। 'स्नानचूर्ण' एवं 'गंधोदक' से केशों को साफ किया जाता था, उन प्रलम्ब सुवासित केशों के सुदर्शन जूड़े आज भी देश के संग्रहालयों, अजंता-एलोरा की

गुहा भित्तिचित्रों में कला-पारखियों को मुग्ध कर उठते हैं। शरीर को निर्मल रखने के लिए 'अनुलेपन', 'विलेपन' का प्रयोग होता था, 'अंगराग' भी सौन्दर्य-प्रसाधन का प्रचलित साधन था। अनेक चूर्णों का भी उल्लेख संस्कृत ग्रंथों में मिलता है। 'दिव्यगंध' को भी शृंगार के लिए प्रयोग किया जाता था, तमाल पत्र, अगरु, उरगसार, धूपचूर्ण, पीत चन्दन, सिंह चन्दन, तमरचूर्ण, पुण्डरीक चूर्ण इन्हें चन्दन चूर्ण में मिलाकर शरीर में लगाने से शरीर चन्दन के समान सुगन्धित हो जाता था। नेत्रों में शलाका से अंजन लगाया जाता था। आज उसका स्थान मैक्सफैक्टर की आईब्रो पेन्सिल ने ले लिया है।

भारतीय संस्कृति में नारी का स्थान सर्वोपरि है। वह मूल रूप में सौन्दर्य की मूर्ति है, उसके योगदान के बिना मनुष्य की ललित कलाएँ कभी सप्राण नहीं हो सकतीं। इसी से आज उसका कर्तव्य है कि इम्पोर्टेड वस्तुओं के प्रति अपने मिथ्या मोह को त्याग वह भारत के विस्मृतप्राय प्रसाधनों को फिर अपनाए। एक यूनानी पुस्तक, 'पैरिप्लस' के अनुसार कभी चीनी रेशम का पूरा व्यवसाय ही भारत की मुट्ठी में था। पेत्रोनी नामक एक रोम लेखक ने भी लिखा है कि 'रोम की स्त्रियों को भारतीय वस्त्रों के प्रति एक अनोखा मोह था, इसका एक कारण यह भी था कि बनी हुई हवा के जाले पहन वे अपने सौन्दर्य का प्रदर्शन कर सकती थीं।' आज की स्थिति एकदम विपरीत है और विदेशी वस्तुओं के प्रति हम भारतवासियों का यही मिथ्यामोह स्वयं तस्करी को प्रश्रय देता है।

दस

समाचारपत्रों में नित्य प्रकाशित आतंकपूर्ण समाचारों को देखकर, कभी-कभी जी में आता है अख़बार पढ़ सुबह-सुबह क्यों मुँह का स्वाद स्वयं नष्ट किया जाए? 'रेलवे अफसर की फर्स्ट क्लास में हत्या', 'दिन दोपहरी में संभ्रान्त महिला के गले की चेन खींचकर युवक भागा', 'हजरतगंज में गहरी चहल-पहल के बीच युवक की हत्या', 'तस्करी में लाखों के मूल्य की विदेशी घड़ियाँ, परफ्यूम बरामद'! कहाँ गए अतीत के वे चटपटे समाचार, जो कभी अनारदाने के रोचक चूरन का-सा आनन्द दे जाते थे, 'पति ने पत्नी की नाक काटकर खा ली' या 'जुलाहे की स्त्री ने चार सिर और आठ भुजा के विचित्र बालक को जन्म दिया'! आज के समाचारों में, न वह घटना-वैविध्य रहा, न वह शब्दों

की मर्मर-ध्वनि। हो भी कैसे! ऐसी घटनाएँ शायद अब भी घटती होंगी, किन्तु जब अरहर की दाल चार रुपये किलो बिक रही हो, तब कोई मौलिक सूझबूझ की स्त्री चार सिरवाले बालक को जन्म दे भी दे, तो उस समाचार की महत्ता ही भला क्या हो सकती है। विषम अभाव के गोरखधन्धे में उलझा मानव आज अपनी परिहास-रसिकता भी भूल चुका है।

देश की शोचनीय स्थिति केवल खाद्याभाव के कारण ही नहीं है। इसमें कोई सन्देह नहीं कि प्रभव संवत्सर भी, अब तक मानवमात्र के लिए दुर्वत्सर ही सिद्ध हुआ है, गृहस्थिति भी यही चेतावनी देती है, प्रधानमंत्री का पद मिला है शनि को, राष्ट्रपति हैं सूर्य, वित्तमंत्री हैं भौम, धान्यमंत्री हैं चन्द्र, गुरु हैं रसमंत्री, फलमंत्री हैं शुक्र। मंत्रिमण्डल विशेष सुविधाजनक नहीं है, नहीं तो केले की क्या बिसात कि दो रुपये दर्जन बिकता! संवत्सर-गणना के अनुसार अल्पवृष्टि, अन्न की उत्पत्ति सामान्य, चौर वृद्धि निरन्तर बनी रहेगी। 'नजलदा जलदा जनतापदा जनपदेषु सुखं न धनं क्वचित्'! फलतः अन्न से लेकर सुवर्ण तक के गगनचुम्बी भाव मध्यवित्त गृहस्थ की रीढ़ की हड्डी को आज झुनझुने-सा ही झुनझुना उठे हैं। संस्कारशील साधारण हिन्दू गृहस्थ को, अब पंचतत्व प्राप्त करने पर भी, मुख-कान-नाक में सोने के टुकड़े धरे बिना ही महाप्रस्थान की यात्रा करनी होगी।

पश्चिम बंग के खाद्य-संकट के विषय में एक लेख पढ़ा, तो एक पल को स्वयं अपने प्रदेश के भावी संकट की सम्भावना सहमा गई। वहाँ जो कुछ घट रहा है, उसे यहाँ घटने में भी अब विलम्ब नहीं है। वहाँ के ग्राम्यांचल की अर्थनैतिक अवस्था, इतनी शोचनीय हो उठी है कि लाखों ग्रामवासी आज केवल पेड़ के पत्ते चबाकर ही जीवनयापन कर रहे हैं।

कब अपर्णा की भाँति, उनकी वह खुराक भी पर्णाभाव से बन्द हो जाए, इसका कुछ ठीक नहीं। अनुभवी व्यक्तियों का कहना है कि ब्रिटिश राजस्व के पश्चात् राज्य की ऐसी दुर्दशा कभी नहीं देखी गई। सस्ते से सस्ता चावल बिक रहा है चार रुपये किलो, और एक किलो आटे का मूल्य है तीन रुपया। भूमिहीन कृषकों की अवस्था सबसे अधिक दयनीय हो उठी है, उनके सम्मुख एक ही चारा है, या तो पेड़ के पत्ते चबाएँ या फिर भूखों मरें। इस अभाव के बीच जन्म, मृत्यु, विवाह जैसे सामाजिक कर्तव्य भी मनुष्य को निभाने पड़ते हैं। प्रायः ही हमारे कर्णधार, केन्द्रीय सहायता के अभाव का रोना रोकर अपने कर्तव्य से भी छुट्टी पा लेते हैं। इस सन्दर्भ में, मुझे पहाड़ की एक बहुत पुरानी

लोकोक्ति का स्मरण हो आता है 'पराये तेल–चुपड़े चिकने सिर में, अपना सिर घिसने पर वह चिकना नहीं बन सकता'। हमारे सिर की रुखाई भी तब तक दूर नहीं हो सकती, जब तक हम स्वयं सिद्ध न हों। इसमें कोई सन्देह नहीं कि खाद्याभाव में स्वयं कुपित प्रकृति का भी हाथ है, अल्पवृष्टि के कारण सूखे ने खाद्य स्थिति को और विषम बना दिया है किन्तु स्वयं मानव का भी दायित्व कुछ कम नहीं है। कुछ लोगों की स्वार्थपरता एवं मुनाफाखोरी का दुष्परिणाम ही आज की गरीब जनता भोग रही है और बहुत दिनों तक भोगती रहेगी। गरीब और गरीब होता जा रहा है, और समृद्ध अधिक समृद्ध। ऐसी स्थिति किसी भी प्रगतिशील देश के लिए सांघातिक चुनौती बन उठती है। हमारा कर्तव्य है कि इस चुनौती को स्वीकार कर हम एक प्रश्न स्वयं अपने अंतःकरण से पूछें—उत्पादन के इस संकट के लिए क्या हम स्वयं उत्तरदायी नहीं हैं? कृषि-उन्नयन की जिन ऊँची-ऊँची योजनाओं के लिए सत्तर करोड़ रुपया खर्च किया गया, वे अकस्मात् किस शून्य में विलीन होकर रह गई हैं? स्पष्ट है कि उन सुन्दर योजनाओं का समन्वय उतना सुन्दर नहीं बन पाया।

अर्थनैतिक संकट से त्रस्त मानव आज नाना कुंठाओं से जकड़ा स्वयं मानवता के ही संहार में जुट गया है। फलतः लूटमार, नृशंस हत्याएँ, तोड़फोड़ और 'उदर निमित्त बुद्धकृतवेश' कोई पहुँचा सिद्ध बनकर, विदेश में भारतीय दर्शन की व्याख्या करने निकल पड़ता है। कोई तांत्रिक बनता है, कोई भृगुसंहिता खोल भयत्रस्त मानव को उसके उज्ज्वल भविष्य के सपने दिखा अपनी जेब गरम करता है।

मनुष्य की अस्वाभाविक गतिविधि का कारण है, उसके वातावरण में घुलमिल गई अनिश्चितता और असुरक्षा। जिस समाज में छीनाझपटी, क्षुद्रता व्याप्त हो, वहाँ स्वयं ही मानव का अमानवीकरण हो जाता है। जब तक, प्रत्येक व्यक्ति को जीवन की समान सुविधाएँ उपलब्ध नहीं होंगी, तब तक उसमें सहानुभूति और मैत्री की भावना आ भी नहीं सकती।

ग्यारह

बाँगला साप्ताहिक 'देश' के सद्यःप्रकाशित अंक में सुदेवराय चौधरी के एक निबन्ध ने कई दिनों से मन में उठ रही एक शंका को और पुष्ट किया। क्या

कारण है कि विदेश की भाँति टेलीविजन की सशक्त प्रतिद्वंद्विता न होने पर भी, हमारे देश के दैनिक या साप्ताहिक पत्र अभी तक वैसी लोकप्रियता हासिल नहीं कर सके हैं जो विदेश के 'टाइम', 'संडे टाइम्स', 'सन' या 'मिरर' ने हासिल की है। केवल 'सन' की ही एक बार में चालीस लाख प्रतियाँ प्रकाशित होती हैं और हाथों ही हाथों में नुचती चली जाती हैं। यह ठीक है कि इनमें से अधिकांश लोकप्रिय पत्र-पत्रिकाओं के आकर्षण का चरम बिन्दु 'सैक्स' है, किन्तु यह भी सत्य है कि केवल राजनैतिक समाचारों का पथ्य भी कभी-कभी पाठकों को उबा देता है। 'संडे टाइम्स' के ख्यातिप्राप्त पत्रकार हैराल्ड इवान्स ने ब्रिटिश सांवादिक पत्र जगत् में अपनी जिस 'इनवैस्टिगेशन रिपोर्टिंग' का मौलिक प्रयोग किया उसने उनके पत्र-प्रयोग की गरिमा किसी भी अंश में घटाई नहीं है। किन्तु पत्रकारिता के क्षेत्र में यदि ऐसी रिपोर्टिंग में सावधानी न बरती गई तो वह कभी भी इसके लिए घातक सिद्ध हो सकती है।

विदेशी पत्र-पत्रिकाओं की तुलना में कभी-कभी भारतीय पत्रकारिता अपनी संस्कारगत मर्यादा को, बँदरिया के मृत शिशु की भाँति व्यर्थ ही छाती से चिपकाए प्रतीत होती है। हैराल्ड इवान्स का यह दुःसाहसी प्रयोग यदि कुशल भारतीय पत्रकार दायित्व से निभाए तो हमारे साप्ताहिक-दैनिक-मासिक पत्र-पत्रिकाओं का स्तर उत्तरोत्तर प्रगति के पथ पर ही अग्रसर होता रहेगा।

रविवार को आकाशवाणी के अनेक श्रोताओं ने, समय-संमय पर निश्चय ही लखनऊ केन्द्र से प्रसारित 'आज इतवार है' कार्यक्रम सुना होगा। इसके अन्तर्गत बीच-बीच में मुंशी इतवारीलाल सहस्राधिक श्रोताओं को कुछ ऐसे पुलकित कर जाते हैं कि अदर्शी शिल्पी को देखने का कौतूहल, कार्यक्रम समाप्त हो जाने पर भी निरन्तर बना ही रहता है। यह किसी भी प्रसारित कार्यक्रम के शिल्पी की सबसे बड़ी उपलब्धि है। रंगमंच पर अवतरित शिल्पी से उसका दायित्व कहीं अधिक रहता है। दर्शकों की प्रशंसा प्राप्त करने से श्रोताओं की प्रशंसा प्राप्त करना कहीं अधिक दुरूह है। शिल्पी एवं श्रोताओं का पारस्परिक सान्निध्य बड़ी लगन से ही सफल होता है। मुंशी इतवारीलाल की मुंशाइन से स्वाभाविक खटपट, उनके नक्की स्वर की स्वभावसिद्ध मिठास, इस कार्यक्रम को निरन्तर मनोरंजक एवं हृदयग्राही बनाए रखती है।

आकाशवाणी के लखनऊ केन्द्र से ही प्रत्येक रविवार को, रात्रि 9 बजकर 45 मिनट से लेकर, सवा दस बजे तक प्रसारित 'चित्रपट संगीत में रागदर्शन' का अपना अनोखा ही आकर्षण है। इस लोकप्रिय कार्यक्रम की गणना आज आकाशवाणी के समस्त केन्द्रों के सर्वश्रेष्ठ कार्यक्रमों में की जा सकती है। डॉ. सुशीला मिश्रा, स्वयं एक गुणी संगीतज्ञा एवं योग्य गुरु की सुयोग्य शिष्या हैं। उनकी यह मौलिक सूझ, जहाँ चित्रपट संगीत को ख्यातिप्राप्त संगीतज्ञों द्वारा प्रस्तुत विभिन्न राग-रागिनियों के समकक्ष लाकर उसे एक विशिष्ट गरिमा प्रदान करती है, वहीं दोनों का तुलनात्मक प्रस्तुतीकरण अनायास ही मेरे मन को बाँध लेता है। लगता है गरिष्ठ सोहन हलुवे के पश्चात् हम पाचक रूप में सुस्वादु मघई पान का बीड़ा गुलगुलाने लगे हैं। गत 14 जुलाई को राग केदार पर आधारित उनका यह कार्यक्रम अपने रागगुण के गाम्भीर्य से मन को छू गया। बहुत पहले राग देस पर आधारित यही कार्यक्रम एक अनोखी ही खनक लिए था। बेगम अख्तर का विस्तृत रिकार्ड 'छा रही काली घटा' इसी कार्यक्रम के अन्तर्गत एक सुदीर्घ अन्तराल के पश्चात् सुनने को मिला और सम्भवतः मेरी ही भाँति अनेक श्रोताओं की स्मृति को भी झकझोर गया, क्योंकि एक पत्रिका में पढ़ा था कि किसी संगीतगोष्ठी में श्रोताओं के विशेष अनुरोध पर, बेगम ने इसी विस्तृत दर्द-भरी गूँज से एक बार फिर अपने सुकंठ को रससिक्त किया। इस लोकप्रिय कार्यक्रम के कुछ आगामी आकर्षण हैं, 28.7.74 को प्रस्तुत किया जा रहा मियाँ मल्हार, 11 अगस्त को गौड़ मल्हार, 25 अगस्त को मेघ, एवं 22 सितम्बर को विदा लेती रसभीनी फुहारों को आकाशवाणी का सरस निवेदन 'राग देस'।

हमारे देश की संस्कृति मूल रूप से मानवतावादी रही है, किन्तु अब कभी-कभी महाभारत की उक्ति 'नहि मानुषाच्छ्रेष्ठतरं हि किंचित्' पर सहसा विश्वास डिगने लगता है। क्या अब यह एक कोरी आदर्शवादी कल्पना-मात्र नहीं रह गया है? सेवा, औदार्य, अपरिग्रह ये कौन-से गुण आज मानव में रह गए हैं?

ऋग्वेद के मंत्र की 'केवलाघ्री भवति केवलाक्षी', अर्थात् जो अकेला खाता वह पापी है, अब कितनी महत्ता है? इसका ज्वलन्त उदाहरण, उस दिन ट्रैफिक जैम के कारण रुके अपने रिक्शा से देखने को मिला। हजरतगंज के चौराहे पर रिक्शा रुका था, उधर सड़क के पार, एक ऐसे 'चाटकेन्द्र' पर दृष्टि पड़ी,

जहाँ अधिकतर उच्चपदस्थ अधिकारी वर्ग के परिवार ही दही-सोंठ के चटखारे ले सकते हैं। कारण स्पष्ट है। उस दुकान के एक-एक पत्ते का मूल्य, अन्यत्र बिकते चाट के पत्तों से तिगुना है, इसी से साधारण चटोरी जिह्वा वहाँ चटखारे ले भी नहीं सकती। उस दिन भी रंग-बिरंगे शेड के लिपस्टिक मिर्च-मसाले की चटपटी चुटकियों से विवर्ण हो रहे थे, पास ही खड़ी थी, एक दुर्बल क्षुधातुरा आसन्नप्रसवा भिखारिणी। गर्भ का अजन्मा शिशु, जैसे दरिद्र माँ की लोलुपदृष्टि से स्वयं लार टपका रहा था, बार-बार उसने गिड़गिड़ाकर अपने जस्ते का मलिन कटोरा गपागप गोलगप्पे खाती भीड़ की ओर बढ़ाया, किन्तु किसी ने भी उसकी याचना का उत्तर नहीं दिया। इसी बीच भीड़ छँटी, हरी बत्ती जली और मेरा रिक्शा सर्र से निकल गया।

बारह

पारलौकिक विश्व सम्बन्धित रहस्य को जानने की इच्छा भला किसे नहीं होती? क्या मृत्यु के पश्चात् भी आत्मा का आकर्षण अपने आत्मीय स्वजनों के लिए बना रहता है? अधिकांश आध्यात्मिक ग्रंथ इसी सत्य की पुष्टि करते हैं कि मृत्यु के पश्चात् भी, सबकुछ समाप्त नहीं होता, आत्मा बनी रहती है। सुदूर विदेश में अचानक दुर्घटनाग्रस्त होकर मृत्यु का आलिंगन करते ही कैसे एक प्रवासी पुत्र की मृतात्मा, स्वदेश आकर, जननी को देख गई थी, यह घटना कुछ ही दिन पूर्व पढ़ी थी। मेरी ही एक परिचिता के पति मोटर-दुर्घटना में मारे गए, उसी क्षण आधी रात को उसने अपने पुलिस अफसर पति को वर्दी में सिरहाने खड़े देखा, और चौंककर उठ बैठी। वह गुसलखाने गए, जब बड़ी देर तक नहीं लौटे तो उसने द्वार खोला; न पति थे, न बाहर खड़ी जीप ही थी। एक घंटे पश्चात् उसे उनकी मृत्यु का समाचार मिला। आज वह उस रहस्य की वेदना को वहन करती आकाशवाणी के अनेक श्रोताओं का मनोरंजन कर रही है किन्तु कभी जिस रहस्यमयी आकाशवाणी ने उसे स्तब्ध किया था, उसका समाधान क्या वह कर पाई? बहुत पहले, एक बाँग्ला पुस्तक पढ़ी थी, 'परलोकेर कथा'। उनमें लेखक ने परलोकगत आत्माओं से सम्पर्क कराने में समर्थ एक महिला मग्नमयी के विषय में लिखा है। उनके पति, कलकत्ता हाईकोर्ट के एक प्रसिद्ध वकील थे एवं श्री आशुतोष मुकर्जी के सहपाठी थे।

मृत्यु के पश्चात् पत्नी को माध्यम बनाकर उन्होंने पारलौकिक रहस्य का अद्‌भुत वर्णन किया है। उसे पढ़कर लगता है कि मृत्यु ही जीवन की सीमा नहीं है, मृत्यु परिवर्तन लेकर अवश्य आती है किन्तु न तो वह आमूल परिवर्तन है, न आमूल विनाश। मृत्यु के पश्चात् आत्मा का आकर्षण, पृथ्वी के प्रति लौह-चुम्बक का-सा आकर्षण बना ही रहता है।

बचपन की एक घटना मेरे अबोध मन के कच्चे सीमेंट पर किसी पंजे की छाप की भाँति, आज भी उसी दृढ़ता से उभरी है। हम तब सौराष्ट्र के बेरावल नगर में थे। गरजते-तरजते समुद्र तट पर हमारी कोठी थी, कुछ दूर पर था सोमनाथ का ऐतिहासिक मन्दिर, जब उसका जीर्णोद्धार नहीं हुआ था। प्रत्येक पूर्णिमा को, जब ज्वार-भाटे की उत्तुंग तरंगें हमारी ऊँची-ऊँची दीवारों को भी ग्रस लेती थीं, गृह के नौकर कसमें खा-खाकर, माँ को उस भुतहे जहाज की आँखों देखी कहानी सुना, उनसे भी चलकर उसे देखने का आग्रह करते, किन्तु पिताजी के भय से हमें जाने का साहस नहीं होता। वे वर्षों विदेश में रहे थे। भूत-प्रेत, डाकिनी-शाकिनी में उन्हें विश्वास नहीं था। किन्तु, एक दिन माँ अपने कौतूहल को रोक नहीं पाई।

कहानी थी भी बड़ी रोचक। वर्षों पूर्व, नगरसेठ के इकलौते पुत्र का विवाह हुआ था, और जहाज में भरकर पूरा शहर ही बराती बन बड़े उत्साह से कच्छ की ओर निकल पड़ा था। न जाने कितने शहनाई-वादक गए थे, और कितनी ही रंगीन बाई जी, साजिंदे, नौबत, नगाड़े। दुगुने उल्लास से जब बरात लौटी, तो बहुत बड़ी भीड़ समुद्र तट पर फूलमालाएँ लिए स्वागत को खड़ी थी। किन्तु पूर्णिमा के हृदयहीन ज्वार-भाटे ने जहाज को बरात सहित समुद्र के अतलगर्भ में निमज्जित कर दिया। पूरा शहर ही देखते-देखते उजड़ गया। "तब से, उसी तत्परता से, वह जहाज दो बार डूबकर, फिर उतराता है और तीसरी डुबकी के बाद फिर ऊपर नहीं आता, आज आप भी चलकर देखिए माँजी।" माँ के साथ-साथ हम भी पिताजी से छिपकर नौकरों को लेकर उस दृश्य को देखने गए। समुद्र शान्त था, सहसा कहीं दूर बज रही सीटी ने जहाज के आगमन की सूचना दी। यह कोई नई बात नहीं थी, ऐसी सीटियाँ हम नित्य ही सुनते थे। पर फिर जहाज की धुँधली आकृति उभरी, टिमटिमाती बत्तियाँ, छोटी-छोटी नाचती आकृतियाँ, फिरकते रंगीन लहँगों के गोल-गोल घेरे, दबी शहनाई, गरजते नगाड़े, कहकहे और फिर वह ज्वार-भाटे की उद्धत तरंगें। माँ के पीछे- पीछे हम सब भागते-गिरते-पड़ते घर पहुँचे। शैशव की वह धड़कन मैं अभी भी नहीं भूली हूँ।

तीन वर्ष पूर्व, बलरामपुर अस्पताल में एक ऐसे ही अनुभव ने शैशव की उस धड़कन को एक बार फिर तीव्र कर दिया था। रात को इमरजेंसी वार्ड में फोन करने गई थी और बुर्का डाले वह तन्वंगी निरन्तर गुनगुनाती साथ चल रही थी। बड़ी देर तक मैं उसे रोगिणी ही समझती रही थी, किन्तु एक पल को ऊपर उठे बुर्के ने पट्टियों के जिरह-बख़्तर में जकड़ी छाती के ऊपर, जिस अपूर्व तेजोद्दीप्त चेहरे की झलक दिखाई वह इस लोक की नहीं थी। कौतूहल, जिज्ञासा और एक भीरु विभ्रान्ति मुझे काठ बना गई। ताम्बूल-रंजित ओठों पर मधुर हँसी का मुखर आह्वान उतर आया—'चलो बहन, मेरे साथ।' मैं हाथ छुड़ाकर गिरती-पड़ती भागी थी—'बहुत पछताओगी', उस रहस्यमयी के स्वर से आज भी स्मृति रोमांचित हो उठती है। आज उसकी वही चेतावनी जब साकार होकर सम्मुख आ गई है तो सोचती हूँ—मृत्यु सचमुच ही जीवन की सीमा नहीं है, मृत्यु के पश्चात् भी आत्मा का अस्तित्व बना रहता है, किन्तु उस अस्तित्व के रहस्य को क्या कभी मानव अपने जीवन-काल में ही सुलझा पाएगा?

तेरह

वर्तमान युग प्रचार का युग है। आज मानव आकर्षक सामान्यीकरण की युक्ति अपना अपनी सामान्य उपलब्धियों का भी प्रचार कर समाज को प्रभावित करना चाहता है। किन्तु प्रचार-प्रसारण में भी प्रचारक के व्यक्तित्व का बड़ा महत्त्व होता है। दो-तीन वर्ष पूर्व मुझे एक ऐसी ही कुशल प्रचारिका का ट्रेन में साहचर्य प्राप्त हुआ था। वे, उन्हीं के शब्दों में, एक ख्यातिप्राप्त अनुभवी समाज-सेविका थीं। समाज के साथ-साथ, उन्होंने स्वयं अपनी भी उसी तत्परता से सेवा की है, यह मैं उनके दगदगाते स्वास्थ्य, दामी वेशभूषा एवं ठसकेदार सामान को देखते ही समझ गई थी। उनकी भाषा, आहार-व्यवहार, पहनावा, सबकुछ, एक आदर्श समाज-सेविका की मान्यताओं के अनुरूप था। अपने तथाकथित दीर्घकालीन लक्ष्य की प्राप्ति के लिए, वह तब बाँग्लादेश की यात्रा से लौट रही थीं। ब्रीफकेस खोलकर उन्होंने मुझे अपने चित्रों का अपूर्व संकलन भी दिखाया था—किसी में कम्बल बाँट रही हैं, कहीं साड़ियों का वितरण कर रही हैं; एक चित्र में तो एक मातृहीन शिशु को गोद में लिए मुस्कराती वे

किसी फ़िल्म-तारिका-सी ही ग्लैमरस लग रही थीं। मैंने यह बात कह दी तो खिल गई, बोलीं—"बहन, यह क्या मेरी गोदी में पहला अनाथ शिशु है? आज तक न जाने ऐसे कितने अभागों को गोद में लेकर तस्वीर खिंचवा चुकी हूँ।" मुझे बड़ा आश्चर्य हुआ, ऐसी महत्त्वाकांक्षिणी समाज-सेविका का ललाट पद्मश्री के तिलक से अब तक वंचित कैसे रह गया? श्वेत मटका सिल्क की साड़ी, वैसा ही ब्लाउज़, गले में तुलसी-मिश्रित सुवर्ण मनकों की माला और हाथ में पायथन स्किन का बटुआ। "ए.सी. में यात्रा का ऐसा बदअभ्यास हो गया है बहन," वे बोलीं, "पर क्या करूँ, इस बार रिजर्वेशन ही नहीं मिला।" उनके दिव्य स्मित के साथ छोड़े गए उस अहंकार-दीप्त बाण ने मुझे खिन्न कर दिया, एक हम हैं कि दिन-रात कलम घिसो, उस पर भी सर्वदा आलोचकों की संगीन छाती पर, और एक ये हैं कि दिन-रात ए.सी. की यात्रा, तो कभी हवाई उड़ान, कभी एक अनाथ शिशु को गोद में लेकर चित्र खिंचवा लिया, और कभी हाथ-भर गुलदस्ते लेकर, घायल सैनिकों के सिरहाने मुस्कराती खड़ी हो गईं! न रंग लगे न फिटकरी, रंग चोखा। किन्तु समाज-सेवा की परिभाषा क्या यही है? मुझे अपने जीवन में जिन तीन समाज-सेविकाओं ने अत्यधिक प्रभावित किया, उनमें से एक को भी न तो ऐसे प्रचार की आकांक्षा थी, न अवकाश! न उन्हें आज तक देश ने किसी अलंकरण से विभूषित किया, न उनके विषय में कभी कोई प्रशस्ति ही पढ़ने को मिली, किन्तु उनकी समाज-सेवा मेरी दृष्टि में सच्चे अर्थ में समाज-सेवा थी। स्वतन्त्रता-संग्राम में कूर्मांचल-वासियों ने महत्त्वपूर्ण योगदान दिया था, स्वाधीनता की लहर तब अल्मोड़ा, नैनीताल के घर-घर तक फैली थी। इस विषय में एक लोकोक्ति अब तक प्रचलित है कि 'कुमाऊँ का 'बल्द' (बैल) भी कांग्रेसी होता है।' सिर पर खद्दर के थानों की गठरी लिए, अलीगली में फेरी लगाती, उस गौरवर्णी आनन्दी प्रौढ़ा को लोग अभी भी नहीं भूले होंगे, जिसने स्वेच्छा से ही पेशे की समृद्धि को ठुकरा यह धन्धा अपनाया था। जो कभी उसके रूप-यौवन के ग्राहक थे, वे अब उसके खद्दर के ग्राहक बन गए थे। यही नहीं, अपनी बदनाम बस्ती से उसने कई लड़कियों को निकाल उन्हें चरखा थमा दिया था। उसके बैठे गले में तब भी उसके कलुषित पेशे की छाप थी किन्तु चेहरे पर थी एक दिव्य आभा। दूसरी महिला जिन्होंने मुझे छात्रावस्था में समाज-सेवा का पहला पाठ पढ़ाया, जन्म से विदेशिनी क्वेकर थीं किन्तु कर्म से थीं सम्पूर्ण रूप से भारतीय। कैम्ब्रिज की प्रतिभाशालिनी वह अध्यापिका जब शान्तिनिकेतन में

हमारी आँग्ल अध्यापिका बनकर आईं, तो उनकी ऊँची बँधी साड़ी, बेहद ऊँची काठी का मर्दाना शरीर, और पुरुषों के-से कर्तित ह्रस्व केश देख हम सहम गई थीं किन्तु उनसे, जिन्होंने शेक्सपियर पढ़ा है, वे कभी उन्हें भूल नहीं सकते। बिना किसी सन्दर्भ-पुस्तक के उनके ब्रैडले के उद्धरण, धाराप्रवाह विद्वत्तापूर्ण व्याख्या और अद्‍भुत स्मरणशक्ति पूरी कक्षा को सम्मोहित कर देती। उनकी एक और भी अनूठी कक्षा थी। प्रत्येक बुधवार को वे हमें दल बाँध आसपास के ग्रामों में ले जातीं, कभी भुयम-डाँगा तो कभी संथालग्राम। साथ में अनेक टोकरियों में चलती उनकी मोबाइल कक्षा, अस्पताल, दूध के डिब्बे, पेंसिल के छोटे-मोटे टुकड़े, स्लेट-खड़िया और हमसे बनवाए गए ग्राम के नवजात शिशुओं के लिए नन्हें फ्रौक, टोपे, मोजे। हमारे पहुँचते ही ग्राम के बच्चे चीखने लगते, 'ऐशेछे-ऐशेछे, बोलपुरेर मेमसाब ऐशेछे—' आ गई, आ गई, बोलपुर की मेमसाब आ गई। और फिर एक भी क्षण बिना व्यर्थ किए हममें से प्रत्येक को अलग-अलग कार्यभार सौंप दिया जाता, कोई आँख में दवा डाल रही है, कोई पढ़ा रही है, कोई जुँए बीन रही है! न जाने कब समय पंख लगाकर उड़ जाता, और हमारे विछोह में, सरल निरीह चेहरे म्लान हो उठते। एक ही अभियान में मिस मार्जरी साइक्स की साधना व्यर्थ रही। संथाल स्त्रियाँ केवल साड़ी ही पहनती थीं, उनकी टापलेस वेशभूषा को लाख सिर पटकने पर भी वे बदल नहीं पाई थीं। ब्लाउज़ पहनातीं तो', 'ओ माँ, नौज्जा करे', (हाय माँ, लज्जा होती है) कह वे ब्लाउज दूर पटक देतीं। खुले अंगों को ढँकना ही उनके सरल समाज में ब्रीड़ा की परिभाषा थी।

जिस तीसरी महिला के व्यक्तित्व को मैं आज तक नहीं भूल पाई, वह भी विदेशिनी ही थी। कुष्ठाश्रम की अध्यक्षा का पद उसने स्वेच्छा से ही ग्रहण किया था। जब भी मैंने उस कठोर सेवाव्रती अद्‍भुत नारी को देखा, तब वह या तो किसी कुष्ठ रोगी के बीभत्स खुले व्रण को धो रही होती या किसी की झड़ी पलकों पर मरहम लगा रही होती। प्रौढ़ा होने पर भी लावण्य न चेहरे से गया था, न गठे शरीर से। कभी देखती, किसी महिला रोगिणी की बची तीन-चार अँगुलियों में, बड़े यत्न से सलाइयाँ थमा उसे मोजा बिनना सिखा रही है और कभी अपनी टूटी-फूटी हिन्दी में उन्हें बाइबल की शिक्षाप्रद कहानियाँ सुना रही है। मैं घर लौटती तो पूरे शरीर में डेटोल छिड़क, नहाने पर भी आश्वस्त नहीं हो पाती। कभी-कभी अपनी अल्पज्ञता पर स्वयं ही ग्लानि हो आती। एक वह है, जिसे न महारोग के छूत का भय है न आत्मीय स्वजनों का मोह!

किस निस्पृह त्याग की भावना, इस समृद्ध महिला को मिशनरी बना इतनी दूर खींच लाई? बाद में वह कृष्णनगर चली गईं। जब मैं अन्तिम बार उनसे मिली तो वह अपने एक वृद्ध रोगी के लिए बिना अँगुलियों का दस्ताना बिन रही थीं। बहुत दिनों बाद सुना था कि उन्हें स्वयं भी उस रोग की छूत लग गई थी किन्तु स्वस्थ होकर वह पुनः अपने उसी कार्य में डूब गई हैं।

इन तीनों समाज-सेविकाओं में से सम्भवतः एक ने भी न कभी ए.सी. की यात्रा की होगी न उनके चित्र ही किसी पत्र-पत्रिकाओं में छपे होंगे। किन्तु उनके जो अमिट चित्र अनेक-अनेक कृतज्ञ आँखों में खिंचे होंगे, वे मृत्युपर्यन्त उसी प्रखरता से उन्हें प्रेरणा देते रहेंगे।

चौदह

प्रगति के लिए, समाज का प्रत्येक भय से मुक्त होना अनिवार्य है। जब तक मानव सुरक्षा की भावना से सम्पूर्ण रूप से आश्वस्त नहीं होता, वह प्रगति कर भी कैसे सकता है? रवीन्द्रनाथ की प्रसिद्ध कविता—'संकटेर विह्वलता निजेर अपमान, संकटेर कल्पनाते होयो ना म्रियमान'।

'संकट आने पर विह्वल होना, अपना ही अपमान करना है, संकट की कल्पना भी तुम्हें म्रियमाण न करे,' आज की परिस्थिति से मेल नहीं खाती। आए-दिन चोरी, डकैती, राह चलती निरीह महिलाओं के गले से चेन खींच लेना हमारे लिए दालभात हो गया है। जहाँ तक प्रगति का प्रश्न है, हमारी प्रगति इतिहास के उन पृष्ठों तक लगभग पहुँच चुकी है, जब ठगी प्रथा का उन्मूलन नहीं हुआ था, और निर्भीक उद्दंड ठग राहगीर के गले में रुमाल का फंदा डाल एक पल में उसकी निर्जीव देह धरा पर पटक, उसका माल ले उड़न छू हो जाते थे। विज्ञान, आधुनिक शिक्षा एवं हिन्दी सिनेमा की मार-धाड़, ढिशूँ-ढिशूँ ने, आज के होनहार बिरवान के पात और चीकने कर दिए हैं। वे अब नशीली औषधियों के प्रयोग से घर-भर को आनन्द-मूर्च्छा का आनन्द दिलाने में, किसी भी योग्य सुशिक्षित ऐनेसथीसिस्ट को चूना चटा सकते हैं। हमारी ही कालोनी में, कुछ दिन पूर्व ऊपर के एक फ्लैट की जाली काटकर चोर गृहस्वामी की घड़ी-अँगूठी लेकर, बड़े धैर्य से सीढ़ियाँ उतर गए। दूसरे ही दिन पुलिस के सजग प्रहरी अपने सुशिक्षित श्वान दस्ते को लेकर जाँच-पड़ताल

भी कर गए, किन्तु अन्त वही हुआ जो हमारे देश की प्रत्येक जाँच-पड़ताल का होता है। कालोनी के अन्य कुत्तों को हेय दृष्टि से देखते, कबूतर की तरह सीना ताने, वे दो-तीन झाड़ियाँ और एक अदद बिजली के खम्भे को सूँघते, तेजोमय मुद्रा से हमें सहमाकर चले गए। उनकी वह अहंकारदीप्त मुद्रा शोभनीय भी थी। जिनका वार्षिक व्यय 25 हजार से बढ़ाकर अचानक 96 हजार कर दिया गया हो उनका यह वनकेसरी का-सा तेज उन्हें शोभा भी देता है। स्पष्ट था, कि उस दिन भी उनकी वह उच्चस्तरी साधना असफल रही थी। ठीक भी तो था, क्योंकि न तो निष्प्राण झाड़ियाँ ही अँगूठी-घड़ी पहन सकती हैं, न बिजली का निर्जीव खम्भा। इसके बाद, नित्य ही समाचारपत्र में एक-आध नृशंस डकैती-हत्या-छुरेबाजी का समाचार पढ़ने को मिलता और अन्त में वही परिचित पंक्ति देख 'नामजद रिपोर्ट के बावजूद अभी तक कोई गिरफ्तारी नहीं हुई' चित्त और शंकित होता रहता। निद्राविहीन विभावरी भयावह काल्पनिक चित्रों से और भी भयावह लगने लगती। कभी कोई नकाबपोश, गला घोंट रहा है, कभी कनपटी पर किसी मुगदर से, तबले की-सी ठुकाई चल रही है। सहसा सात-आठ दिन पूर्व, एक दूसरी डकैती का समाचार त्रस्त कर गया। इस बार नृशंस आततायी एक सुखी परिवार को पल-भर में ध्वंस कर गए थे। सैन्ट्रल बैंक का निरीह तरुण कर्मचारी, पूरनचन्द्र पंत, कुछ ही दिनों पूर्व अपने अधूरे गृह का ही गृह-प्रवेश कर, पत्नी-पुत्र सहित, उसमें रहने लगा था। आधी रात को, जिन पाँच आगंतुकों ने आकर उस पर घातक प्रहार किया, उनसे, उसकी कोई पूर्व शत्रुता नहीं थी। कुछ ही पलों में गृह के अन्य सदस्यों को भी घायल कर वे हृदयहीन डकैत गृह की सीमित सम्पत्ति लेकर चले गए। सम्पत्ति ही ले जाते, तो ऐसी कोई बात नहीं थी, सम्पत्ति के साथ-साथ जिस अभागिनी का सौभाग्य हरण कर उसके ललाट को वैधव्य तिलक से अभिशप्त कर गए, उसकी वयस है केवल बाईस वर्ष, जिस वयस में, आजकल समृद्ध गृहों की लड़कियों के दूध के दाँत टूटते हैं। गोद के पितृहीन अबोध पुत्र के जीवन की यह कैसी विचित्र स्मृति रहेगी। सचमुच ही यह हमारे लिए, चुल्लू-भर पानी में डूब मरने जैसी बात है, कि एक ओर तो हम देश की प्रगति और सुरक्षा पर प्रगल्भ भाषण देते हैं और दूसरी ओर, मानव जीवन का प्रत्येक क्षण आज अरक्षित है।

समाज पर नियन्त्रण रखने के लिए, सुरक्षा की भावना बनाए रखने के लिए अपराधी को दंड देना नितान्त अनिवार्य एवं नैतिक है। जब तक अन्यायी

और अपराधी को दंड देने की सुव्यवस्था संचालित नहीं होती तब तक मानव अपनी स्वतन्त्रता एवं मौलिक अधिकारों से वंचित ही रहेगा। महर्षि मनु का कथन है कि दंड स्वयं ईश्वर का धर्म है, यह सब राजाओं पर राज्य करता है और उनकी रक्षा करता है। अब समय आ गया है कि हमारे देश के राजा भी इस धर्म का सम्मान करें, क्योंकि इस धर्म का सम्मान स्वयं उन्हीं की सुरक्षा को सुदृढ़ करेगा।

पन्द्रह

जैसे कठोर व्रत के दिन किसी पत्रिका में सुचित्रित व्यंजनों की पाकविधि का वर्णन पढ़ना भी रुचिकर लगता है, ऐसे ही अपने देश के अधिकांश अस्पतालों की अव्यवस्था के भोगे हुए यथार्थ के पश्चात् लन्दन के वेलिंगटन अस्पताल के लुभावने परिवेश का वर्णन पढ़ने में उसी आनन्ददायक तृप्ति का अनुभव हुआ, जो किसी लम्बी बीमारी के उपवास के पश्चात् पथ्य खाने में होता है।

क्या ऐसे अस्पताल का अस्तित्व, कभी हमारे देश में भी सम्भव होगा? दो वर्ष पूर्व, लखनऊ के ही एक अस्पताल में, बीते दिनों की स्मृति सहसा सजीव हो उठी। रक्त के धब्बे लगे गद्दे, जिनमें पार्श्व-परिवर्तन भी एक विवशता बन उठती थी, कई हाँक लगाने पर उपस्थित हुआ वार्ड बॉय, जो चेहरे की झुँझलाहट ने रोगी के कमरे को और भी मनहूस बना, सहसा किसी जादुई बौने-सा अदृश्य हो जाता था, नारी-सुलभ सौजन्यरहित परिचारिकाओं के बुझे-क्लांत चेहरे, और किसी मौनव्रती योगी-सा अचल टेलीफोन। सुबह उठते ही एक विचित्र दृश्य देखा तो स्तब्ध रह गई थी। जनरल वार्ड के मरीजों को पंक्तिबद्ध धराशायी देख, जब एक परिचारिका से पूछा—"ये सब जमीन पर क्यों लेटे हैं" तो उसने निर्विकार मुद्रा में उत्तर दिया था, "आज जनरल वार्ड की धुलाई का दिन है।" चैत्र पवन का आनन्द लेते बरबस प्रकृतिप्रेमी बने रोगी घंटों उसी मुद्रा में लेटे रहे फिर उन्हें दरी सहित खींचकर भीतर कर दिया गया। यह है हमारे भारत की गौरवमय सहिष्णुता! उधर लन्दन के जिस प्रसिद्ध अस्पताल का वर्णन पढ़ मेरा अविवेकी चित्त रोगी बन उस पर्यंकशयन के लिए ललक उठा, वह क्या इन्द्रपुरी से कुछ कम प्रतीत हुआ! किसी करोड़पति अरब की वातजनित व्याधि के उपचार के लिए ही इस अनोखे

विलिंगटन अस्पताल की सृष्टि लन्दन में हुई और देखते ही देखते आज यह समृद्ध रोगियों का, प्रिय आरोग्य-निकेतन बन गया है। प्रसिद्ध चिकित्सक डॉक्टर आर्थर लेविन ने पाँच वर्ष पूर्व, अपनी सशक्त दलील से, सम्पूर्ण ब्रिटिश कॉमनवेल्थ का समर्थन यह कहकर प्राप्त कर लिया था कि लक्ष्मी के विशेष कृपापात्र, उनके सम्पन्न मरीजों को केवल उपचार एवं औषधि-प्रयोग ही रोगमुक्त नहीं कर सकते, विलासमय परिवेश भी उनके लिए उतना ही आवश्यक है। फलस्वरूप आज उस अनूठे अस्पताल के भोजनालय में 75 सुपाचक विभिन्न व्यंजनों को, विशुद्ध बोन-चाइना की बहुमूल्य तश्तरियों में सजा-सजाकर, इस कौशल से परिवेशित करते हैं कि असाध्य रोग के रोगियों के नथुने भी क्षुधातुर होकर फड़कने लगते हैं। एक ओर, इकबाल की पंक्तियाँ 'परियाँ कतार अन्दर कतार' को सार्थक करती पचास सुन्दरी परिचारिकाएँ हाथ बाँधे खड़ी रहती हैं। लन्दन का यह पहला अस्पताल है, जिसे सुरापरिवेशन का विशेष लाइसेंस प्राप्त है। मधुमेह के रोगी के लिए उसके रोग की भयावह दानवी क्षुधा को विशेष रूप से ध्यान में रख चिकन-लिवर के साथ-साथ परिवेशित की जाती है। पोच, ट्राउट, मछली, बत्तख़ का वह दिलपसन्द टुकड़ा जो जीभ में रखते ही बताशे-सा गल जाए और फलों के सलाद पर जगमगाता है लाल-लाल रसीली चेरियों का रक्तिम किरीट। 'टाइम' पत्रिका के एक विशेष संवाददाता के शब्दों में "इस अस्पताल का कोई भी रोगी घर लौटने पर यहाँ की दो स्मृतियों को कभी नहीं भुला सकता। यहाँ का खाना और यहाँ की परिचारिकाएँ।" न वहाँ कलफ़ की गई सफेद वर्दी की कड़कड़ाहट है, न हमारे देश की अधिकांश नर्सों की-सी चिड़चिड़ाहट। जहाँ मनलुभावनी नीली ट्यूनिक में, साक्षात् अप्सराओं-सी विचरती परिचारिकाएँ हों, जिनके पैरों में बिल्ली के-से मखमली पंजोंवाले विशेष रूप से बनाए गए जूते हों और जिनके लिपस्टिक-रंजित ओठों पर हो दिव्य मुस्कान की आभा, जहाँ के ओर-छोर नापते गुदगुदे ईरानी कालीन हों और भोजनालय से आते मदमस्त मसालों की खुशबू रोगकातर जिह्वा से भी लार टपकाने में समर्थ हो तो रोग कैसा ही भयानक क्यों न हो, कैसा मृत्युभय और कैसा असन्तोष?

हो सकता है, कुछ वर्षों में हमारे देश में भी कोई उस अरब-सा ही वैभवसम्पन्न अरब ऐसे ही अस्पताल की सृष्टि सम्भव करा दे, क्योंकि सौभाग्य से हमारे देश में ऐसे अरब एक नहीं अनेक हैं, किन्तु फिर भी, आज एक सुई लगवाने के लिए या एक शीशी मिक्सचर बनाने के लिए किसी भी अस्पताल

के लम्बे अन्तहीन क्यू में खड़े—उदास ऊबे रोगी को, दूर-दूर तक दृष्टिक्षेपण करने पर भी क्या ऐसे अस्पताल की मरीचिका तक दृष्टिगोचर हो सकती है?

सोलह

एक समय था, जब मनुष्य मोटा खाकर और मोटा पहनकर ही परम सन्तुष्ट था। फलस्वरूप, ईर्ष्या, विद्वेष, कलह, विवाद की जटिलता ने मानव को आतंकित नहीं किया था। मनुष्य-मात्र को आत्मिक सुख की आकांक्षा थी, दैहिक सुख की उसे इतनी इच्छा नहीं थी। इसी से निर्मलता, स्वार्थपरता, धनलोलुपता ने उसे कभी विचलित नहीं किया। आज उसकी वही धनलोलुपता उसकी सबसे बड़ी शत्रु बन बैठी है। उसकी अपने को, अपनी पत्नी को, अपने बच्चों को अधिक से अधिक दैहिक सुख देने की आकांक्षा ने ही उसके लिए भ्रष्टाचार की विभीषिका की सृष्टि कर, उसे आतंकित कर दिया है।

पृथ्वी के सभ्यतम, समृद्धतम देश भी आज इस विभीषिका के त्रास से मुक्त नहीं हैं। भ्रष्टाचार का सम्पूर्ण रूप से उन्मूलन इतना सहज है भी नहीं। यह एक मज्जागत रोग है, जिसका निदान जितना ही सहज है, उपचार उतना ही कठिन। किसी भी घातक रोग की भाँति, इसके रोगी की नाड़ी चतुर से चतुर वैद्य को भी अपनी छलनामयी गति से छल सकती है। क्षय-कीटाणुग्रस्त फेफड़ों की भाँति, आरम्भ में ही उचित उपचार, इस रोग के रोगी को भी स्वस्थ कर सकता है, किन्तु कभी भी किसी अरक्षित छिद्र में छिपे इसके सजग-सचेत कीटाणुओं के पुनःघातक हमले की सम्भावना बनी ही रहती है। संसार के कौन-से देश ऐसे हैं जो आज इस व्याधि से आतंकित नहीं हैं? अन्तर है, उनकी और हमारी उपचार-प्रणाली में। हमारे देश की भाँति, उनके यहाँ भ्रष्टाचार-उन्मूलन-सम्बन्धी प्रचार को अधिक महत्त्व नहीं दिया जाता, भ्रष्टाचार पर हमले की घोषणा, दाम-दमामे पीटकर नहीं की जाती; भ्रष्ट- पदच्युत अफसरों की तालिका, वर्णक्रमानुसार प्रकाशित करना उतना आवश्यक नहीं समझा जाता। किन्तु, जब स्पष्ट अभियोग का सूत्र मिल जाता है तो सड़े-गले अंग को काटकर दूर फेंकने में उन्हें दूसरी बार कभी सोचना नहीं पड़ता। चाहे वह किसी कुख्यात वेश्या के कोठे में रहस्यमय ढंग से दिवंगत हो गया धर्मगुरु हो, या स्वयं दुर्नीतिग्रस्त राष्ट्रपति। हाल ही में, राष्ट्रपति निक्सन के वाटर गेट

कांड में ही एक दुर्भाग्यपूर्ण प्रकरण और जुड़ गया। उनकी पत्नी को जन्मदिन पर दिए गए बहुमूल्य उपहार हीरे के बुंदों की जोड़ी ही आज उनका बहुत बड़ा सिरदर्द बन गई है। बीस हीरों से जगमगाते उन लटकनों का भी एक रोचक इतिहास है। हमारे यहाँ का यह प्रचलित मुहावरा 'वह भी क्या गहना जिससे गर्दन टूटे' सचमुच ही बेचारी श्रीमती निक्सन के जीवन में चरितार्थ होकर रह गया है। धीरे-धीरे बुंदों के लिए दी गई विपुल धनराशि का पूरा इतिहास जनता के सम्मुख आ गया। राष्ट्रपति के चुनाव- अभियान के लिए एकत्रित की गई यह धनराशि पहले बड़े छलबल से विभिन्न बैंकों में धर-धरकर, चार बार निकाली गई, अन्त में न्यूयार्क के प्रसिद्ध जौहरी हैरी विण्टसन ने लाखों की लागत पर बने, इस अपूर्व हीरे की लटकनों की जोड़ी को, विशेष रियायती मूल्य पर विक्रय कर राष्ट्रपति-भवन भेज दिया। प्रेस के अनुदार शब्दों में, राष्ट्रपति के भ्रष्ट आचरण की भर्त्सना ही नहीं की, एक प्रगल्भ सांवादिक ने, सैम इरविन को, अपने साहसी प्रश्न से विचलित करने की चेष्टा भी की।

"इतना सब स्पष्ट प्रमाणित हो जाने पर भी आश्चर्य है कि अभी तक आप लोग कोई निर्णयात्मक वक्तव्य नहीं दे पा रहे हैं!"

उनका संक्षिप्त उत्तर, हमें भी बहुत कुछ सिखा सकता है "देखिए", वे बोले—"घोड़े का चित्र हम दो प्रकार से बना सकते हैं—एक तो घोड़े की ऐसी अविकल आकृति अंकित करके, जिसे दूर से देखकर भी लोग पहचान लें कि यह घोड़ा है। दूसरे घोड़े का अस्पष्ट चित्र अंकित करके उसके नीचे लिख दें—यह घोड़ा है।"

हमने घोड़े की अविकल आकृति आँककर रखी है।

पाश्चात्य सभ्यता ने, अपने ह्रस्व परिधानों की परम्परा में नवीनतम योगदान के रूप में प्रस्तुत किया है, अपना मौलिक परिधान 'स्ट्रिंग'। वैसे वे उसे एकदम मौलिक नहीं कह सकते। कुमाऊँ के बोझा ढोनेवाले चिरदरिद्र 'दोय्याल' केवल एक डोरी से कटि पर बँधे इस संक्षिप्त परिधान का आविष्कार बहुत पहले कर चुके थे। उनके लिए यह लज्जा-निवारणार्थ एक साधन-मात्र था, शृंगार की सामग्री नहीं। स्वयं 'टाइम' के संवाददाता ने भी इसकी सृष्टि के पूर्वपुरुष के रूप में भारत के 'कौपीन' को ही मान्यता दी है। अन्तर केवल इतना है कि हमारे देश में यह पुरुषों का ही परिधान बन सका है, भारतीय नारी के शील-सौजन्य की लक्ष्मण-रेखा को लाँघ नहीं पाया, किन्तु विदेश में, महिलाओं ने ही इसकी महत्ता स्वीकार की है। कैसे यह ब्रेजील के

फैशन गगनांगण में धूमकेतु-सा सहसा उदित हुआ, इसका भी 'टाइम' ने बड़ा रोचक वर्णन किया है। किसी दुःसाहसी किशोरी ने, जब अपनी टापलेस वेशभूषा से प्रौढ़ समाज को चौंका दिया, समुचित दंड भी पा लिया, दूसरी विद्रोहिणी पूरे दलबल सहित 'स्ट्रिंग' पहनकर निकल पड़ी। केवल एक डोरी से बँधा यह त्रिकोणी परिधान फिर देखते ही देखते ऐसी लोकप्रियता प्राप्त कर गया कि न पुरुषों को आलोचना की इच्छा ही शेष रही न अवकाश।

फलतः आज यह ब्रेजील की अन्तर्राष्ट्रीय ख्यातिप्राप्त स्ट्रिंग काफी से भी अधिक प्रसिद्धि प्राप्त कर चुका है। आज 'मैडिसन आर्ट बुटीक' के सुप्रसिद्ध व्यवसायी रैल्फ पैटीनो का सबसे बड़ा सिरदर्द है असंख्य प्रेमियों एवं पतियों की अपनी प्रेमिकाओं, पत्नियों के लिए दिए गए 'स्ट्रिंग' के आर्डर की पूर्ति करना। अमेरिकी समाज ने इसका नया नाम धर दिया है 'मिनी बिकिनी'। इस नये नाम ने इस मर्यादाहीन परिधान की निर्लज्जता ढाँपने की विफल चेष्टा अवश्य की है किन्तु वहाँ भी उसका संस्करण उतना ही संक्षिप्त है। जैसे किसी विषैली औषधि को शीशी के कलेवर पर उसे 'सावधानी से सेवन' करने का आदेश अंकित रहता है वैसे ही वहाँ की फैशन सलाहकार समिति, वयस के चालीस वसंत बिता चुकी गतयौवनाओं को इसके प्रयोग के निषेधात्मक आदेश से सावधान करती रहती है! जिम रिवा, जिनकी एक सुलझे परिधान-विशेषज्ञ के रूप में विशेष ख्याति है, कहते हैं—"मैं कभी नहीं चाहूँगा कि संसार की प्रत्येक महिला इस परिधान को ग्रहण करे।"

किन्तु, इन आशंकाओं के बावजूद आज यह नन्हा-सा घातक कौपीन कैलिफोर्निया से लेकर न्यूयार्क तक अभूतपूर्व लोकप्रियता प्राप्त कर चुका है। एक ही आशंका हमें भी विचलित कर उठती है। विदेशी 'बेलबौटम' 'फ्लैयर' की भाँति यदि इस ह्रस्व परिधान का प्रत्यावर्तन फिर भारत को हुआ और इसने हमारी शृंगारप्रिया रसिकाओं में वही लोकप्रियता हासिल की तो निश्चय ही वह दिन भारत की संस्कारशील संस्कृति के लिए घातक सिद्ध होगा।

सत्रह

हमारे धार्मिक जीवन में, तीर्थानुगमन का विशेष महत्त्व है। निश्चय ही तीर्थ धर्म भावशुद्धि और ब्रह्म-ध्यान से सम्बन्धित है, किन्तु साथ ही यह भी सत्य

है कि भेद-रहित विवेक से, सबको ब्रह्ममय तीर्थ जाननेवाला ही सच्चा तीर्थिक कहा गया है। पतितपावनी गंगा हो, या पुण्यसलिला त्रिवेणी की जलधार, जब तक हम रागद्वेष, अहंकार-अभिमान रहित डुबकी न लगाएँ—क्या हमारे पाप सचमुच ही धुल सकते हैं?

गारुणी तीर्थतालिका के क्रमानुसार, कनखल तीर्थ को विशेष महत्त्व है, 'स्नानं कनखले तीर्थे।' यहाँ दूर-दूर से अस्थिप्रवाह के लिए यात्री आते रहते हैं। जन्म से लेकर, मनुष्य के अन्तिम क्षण तक हम हिन्दुओं की संस्कारबद्ध योजना के लिए जहाँ हमें गर्व होता है, वहीं पर अब कभी-कभी धीरे-धीरे भ्रष्ट हो रही उसी सुयोजना के बदलते व्यावसायिक रूप को देखकर वितृष्णा भी होने लगती है। कुछ ही दिनों पूर्व, इसी महान तीर्थ के घाट पर एक ऐसा ही करुण दृश्य देखकर चित्त खिन्न हो उठा था। हाथ के झोले में दिवंगत आत्मीय की अस्थियाँ लटकाए, शोकातुर चेहरों को, घाट की निःशब्द शून्यता जैसे और भी शोकातुर बना देती थी, अस्थि-विसर्जन का वह कठिन कर्तव्य विच्छेद के विस्मृत क्षणों को एक बार फिर कुरेद जाता था। यह जानकर ही कि पृथ्वी परीक्षा-भूमि है, यहाँ विधाता के कठोरतम दंड को भी, म्लानवदन नतमस्तक होकर झेलना पड़ता है और यही झेलकर हम परीक्षा में उत्तीर्ण हो सकते हैं। इसमें से अधिकांश भाग्यहीन धैर्यच्युत होकर अनुत्तीर्ण ही रहते हैं। अन्तर्जगत् के उस सोपान पर फिसलते मैंने कितने ही भाग्यहीनों को देखा। एक वार्धक्य- जर्जर सरदार की अश्रुसिक्त आँखें, उसका वेदना-विधुर चेहरा, मुझे अभी भी नहीं भूलता। जीर्ण-शीर्ण कमीज, पैबन्द लगा पैजामा, काँख में दबी प्रेतशय्या के लिए लाई गई जीर्ण दरी, और हाथ में लटके झोले में पुत्र की अस्थियाँ। पीछे-पीछे म्लानवदना जवान बहू सिर ढाँके ऐसे चली आ रही थी, जैसे एक-एक पाँव मन-भर का हो—खुले केश, निमग्न आँखों के नीचे गहरी कालिमा रक्तशून्य चेहरे पर और भी स्पष्ट होकर उभर आई थी। बूढ़े का दरिद्र पहनावा देखकर ही पास खड़े पंडों की गिद्ध दृष्टि ने, उसके बटुए की रिक्तता को शायद दूर से ही भाँप लिया था। फिर बड़ी अनिच्छा से ही एक पंडा उसकी ओर बढ़ा—"कौन-सा संकल्प करवाओगे, सरदारजी, ऊँचा, मध्यम या हल्का?" स्पष्ट था कि तीनों की फीस वर्गानुसार भिन्न-भिन्न थी। एक क्षण को सफेद पलकों की चिलमन उठी, बूढ़ा जैसे उनकी बात समझ न पाया हो, फिर संसार के अनुभव ने उसके सरल चित्त को स्वयं ही प्रश्न समझा दिया। फटे-से रुमाल की गाँठ खोल उसने मुड़ा-तुड़ा एक रुपए का नोट और चवन्नी पंडे के हाथ में धर दी, "इतना ही है जी मेरे पास।"

असन्तुष्ट स्वर में पंडा जाने क्या बड़बड़ाया, फिर चटपट द्रुत मंत्रों से उसने झोला भागीरथी की पावन धारा में उलट दिया। रिक्त-शून्य अश्रुहीन दृष्टि से अपने जीवन के अवलम्ब की अस्थियों का प्रवाह देखता बूढ़ा चुपचाप खड़ा था। न जाने, पुत्र के शैशव, यौवन, जन्म-मरण की कौन-कौन-सी स्मृतियाँ उसके विदग्ध चित्त को उद्वेलित कर रही थीं, तब ही पंडे ने कुछ रूखे स्वर में उसे चेतावनी दी, "अब जाओ सरदार जी, दूसरे जजमान आ रिए हैं।" विधाता के मृत्युदण्ड को नतमस्तक स्वीकार कर वह बड़ी अनिच्छा से सीढ़ियाँ चढ़ने लगा। दूसरे उतरे जजमान के रेशमी कुर्ते, हाथ में लटके रेशमी झोले को देखते ही पंडों की लोलुप दृष्टि में बिजली-सी कौंधी। "आइए, आइए सरकार!" करते वे इस बार उस पर गिद्ध-से मँडराने लगे। ठीक भी तो था, सस्ते मलेशिया के झोले में भरी अस्थियाँ, और रेशमी के झोले में भरी अस्थियाँ क्या इस फरेबी युग में एक ही मापदंड से मापी जा सकती हैं?

कसी क्षुधातुर दानव की भाँति बढ़ती हुई महँगाई की क्षुधा, जिस तीव्र गति से दिन दुगुनी, रात चौगुनी बढ़ रही है उसे देखकर अब भय ही नहीं, त्रास होने लगा है। मानव की यह नियति अन्त तक उसे किस कछार पर लाकर पटकेगी कुछ कहा नहीं जा सकता। आज के, एक निम्नवर्गीय परिवार को विधाता ने दाल-रोटी खाने के सुख से भी वंचित कर दिया है। कद्दू-लौकी-पालक जैसी अरसिक सस्ती सब्जियों के दामों की तालिका भी अब निम्नमुखी नहीं रह गई। जैसे-तैसे सब्जियाँ ले भी ली जाएँ तो उन्हें तलने के लिए वनस्पति घी या तेल का साहचर्य अनिवार्य हो उठता है। पाश्चात्य वेशभूषा की महत्ता, हमने भले ही स्वीकार कर ली है पर हमारी रसलोलुप भारतीय जिह्वा उनके उबले खाने की महत्ता को कभी स्वीकार नहीं कर सकती। और बात एक प्रकार से ठीक भी है। रोस्टेड पोटेटोज इन जैकेटस या 'ब्रेक्ड कैवेज' सुनने में कितने ही कर्णप्रिय क्यों न लगें, हमारे सुस्वादु आलूदम, या भरे करेले-टिंडों के सम्मुख टिक भी कैसे सकते हैं। इन प्रत्येक भुँजी-भरी सब्जियों के पीछे है 'डीप फ्राई' की महिमा; आज वही महिमा हमारी पकड़ से दूर चली गई है। फिर भी महँगाई की इस विस्तृत मरुभूमि में सजग, अपढ़ भारतीय मस्तिष्क भी स्वयं कैसे साधन जुटाकर ओएसिस की सृष्टि कर लेता है, इसका ज्वलन्त प्रमाण मिला उस दिन, जब अपनी दरिद्र महरी के कच्चे

आँगन से आती मसाले की सुगन्ध सीधे मेरे बरामदे में दस्यु-सी चली आई। आश्चर्य भी हुआ, अभी-अभी तो बेचारी मेरे पास महँगाई का रोना रोकर गई है—"का करी बहूजी, दालन में तो ससुरी आग लगी है, मटर-चना की दाल भी हुई गई है दुई अस्सी! मुला सब्जी को कउन पूछे।" तब अचानक आज उस टूटी-सी कड़ाही में कौन-सा व्यंजन भूँज उसने इस मदमस्त सुगन्ध की सृष्टि कर दी। मैं अपना कौतूहल रोक नहीं पा रही थी कि वह स्वयं नमक माँगने आ गई। "क्या बना रही हो आज, बड़ी खुशबू आ रही है?" मैंने पूछा।

"हुजूर, गरीबी का शोरबा।" "गोश्त का शोरबा, तीतर-बटेर का शोरबा तो सुना था पर यह गरीबी का शोरबा कैसा होता है री?" और फिर उस मौलिक डिश की संक्षिप्त व्याख्या वह मुझे समझाकर चली गई तो मैं दंग रह गई।

कड़ाही में बूँद-भर तेल, उसी में पिसा लहसुन-प्याज, ढेर-सी मिर्च, तनी-सा खसखस भूँज-भाँज पानी छोड़ दिया। बस बन गया गरीबी का शोरबा, न सब्जी न दाल, केवल सुगन्ध का व्यर्थ आश्वासन।

मुझे लगा, आज के भारत की दरिद्र जनता-जनार्दन की सारी व्यथा की साकार परिभाषा है यह गरीबी का शोरबा—इसमें झाँकने पर हम स्वयं अपना ही प्रतिबिम्ब देख सकते हैं। देखने में तरी भी, सुगन्ध भी किन्तु डुबकी लगाने पर केवल खोखले आडम्बर की मरीचिका। आज यह उक्ति कितनी सत्य लगती है—'हा कष्ट खलु जीवितं कलियुगे धन्या जना ये मृताः।'

अठारह

अपने पितामह से मैंने एक विलक्षण महापुरुष के विषय में सुना था, जो स्पर्शमात्र से ही कुंडलिनी जाग्रत कर देते थे। यही नहीं एक बार उन्होंने, अनेक वैज्ञानिकों के सम्मुख, उनकी शंका का समाधान करने, नाभिकमल का प्रत्यक्ष प्रदर्शन कर, उन्हें स्तब्ध कर दिया था। किन्तु इस प्रदर्शन के पीछे, उनको किसी भी प्रकार की चमत्कृत करने की भावना नहीं थी। उक्त महात्मा स्वभाव से ही शिशु-से सरल थे। उन्हीं के जीवन-सम्बन्धी, ऐसी अनेक घटनाओं का उल्लेख श्री योगानंद ने अपनी पुस्तक 'योगी की आत्मकथा' में भी किया है।

काशी, मेरे पितामह की प्रिय साधना-भूमि थी, इसी से अनेक सिद्ध-सन्तों के साक्षात्कार का सौभाग्य उन्हें प्राप्त हुआ था। परमहंस विशुद्धानंद, राम ठाकुर, माधव पंगला, दिगम्बर बाबा आदि की अद्‌भुत सिद्धियों का वर्णन सुन कभी-कभी ऐसे ही किसी सिद्ध पुरुष के दर्शन की तीव्र लालसा मुझे भी होती थी। किन्तु दुर्भाग्य से, आज तक अपने पितामह की भाँति, मुझे प्रत्यक्ष सत्संग-चर्चा का सौभाग्य प्राप्त नहीं हुआ, मेरी यह चर्चा आज तक परोक्ष ही बनी रही। अनेक ख्यातिप्राप्त बाबाओं के विषय में सुनने पर भी, कभी उनके दर्शनों की लालसा, मुझे उत्साहित नहीं कर पाई। कुछ वर्ष पूर्व, लखनऊ में ही एक वरिष्ठ अफसर के यहाँ ठहरे एक ऐसे महात्मा के दर्शन करने मैं गई थी, जिनके विषय में यह कहा जाता था कि वेदव्यासजी की आत्मा ही उनमें प्रविष्ट होकर, उनके दिव्य प्रवचनों से, दर्शनार्थियों को अभिभूत कर देती है। देखने में अत्यन्त साधारण, वह महात्मा सहसा पास में ही बिछी खटिया पर शवासन की मुद्रा में लेट गए, आस-पास बैठे भक्तों ने, अपने-अपने टेप चालू कर दिए, प्रवचन चलने लगा—बीच-बीच में श्लोक, फिर रोचक उद्धरण और सहसा काँपती देह सतर हो गई—सबको आश्चर्य से देख, महात्मा जी ऐसे उठकर बैठ गए जैसे सपना देख रहे हों। "एक अक्षर भी पढ़े नहीं हैं पर देखिए चमत्कार, क्या प्रवचन दिया," पास ही में बैठी एक महिला ने फुसफुसाकर कहा। किन्तु, मुझे आरम्भ से अन्त तक वह एक नाटक-सा ही लगा था। अपने अविवेकी शंकाकुल चित्त को, मैं किसी भी दलील से सन्तुष्ट नहीं कर पाई। जहाँ, परोक्ष सत्संगचर्या में, मुझे अनेक ऐसे सिद्ध-सन्तों की प्रामाणिकता के संगृहीत तथ्यों को पढ़ने का सुअवसर प्राप्त हुआ, जिनके अस्तित्व पर सन्देह करने का कभी प्रश्न ही नहीं उठा, वहीं पर आधुनिक बाबाओं की आडम्बरपूर्ण योग-साधना को देखकर, सहज में विश्वास नहीं होता कि फलाँ बाबा वास्तव में वैराग्यसम्पन्न अवधूत महापुरुष हैं, या फलाँ स्वामी के स्पर्श मात्र से ही रोगमुक्ति सम्भव है। वर्तमान समय में, मानव अत्यन्त चंचल एवं दुर्बल प्रकृति का जीव बन उठा है। इसी से, भक्ति ही एकमात्र उपजीव्य है। वह प्रत्येक समस्या का सूत्ररूपी समाधान चाहता है, दीर्घ पथ का अवलम्बन करने का न उसे समय है न इच्छा। परीक्षा उत्तीर्ण करने के लिए गैस पैपर की ही भाँति, उसे आध्यात्मिक साधना हेतु भी ऐसी ही सरल पगडंडी की आकांक्षा है। गुरु के वरदहस्त का स्पर्श और देखते ही देखते सब समस्याएँ दूर! किन्तु प्रश्न है इस फरेबी युग में, कौन सिद्ध है और कौन

प्रवंचक? यह ठीक है कि साधना का लक्ष्य ही है सिद्धि-लाभ, किन्तु क्या उस सिद्धि के चमत्कार का प्रदर्शन उचित है? क्या उस प्रदर्शन के पीछे स्वयं सिद्ध की, अपने को प्रतिष्ठित करने की उग्र लालसा नहीं छिपी है? आज, हममें से कितने ऐसे हैं जो केवल निःस्वार्थ भावना से ही प्रेरित होकर, सिद्ध-सन्तों के पीछे भागते हैं? किसी को अपने स्थानान्तरण की प्रेतबाधा दूर करने की आकांक्षा सता रही है, तो किसी को हाथ से निकल गए अपने कुपुत्र की, किसी को धन-वैभव की कामना है, तो किसी को विदेश-यात्रा की अतृप्त आकांक्षा पूर्ण करने की चिन्ता और कोई असाध्य रोग से मुक्ति पाने चरणों की पावन रज माथे पर धारण करता है। न तो उपासक ही कर्त्तव्याभिमान से पूर्णरूपेण विगलित हो पाता है, न उपास्य ही अपने अहंकार से मुक्त हो पाता है। कहीं पढ़ा था कि मनुष्यत्व से भगवतत्व तक उत्थान के पूर्व, जब जागतिक पदार्थों का आकर्षण छूट जाता है तब ही विवेक और ज्ञान का विकास होता है, किन्तु आज का मानव, जागतिक पदार्थों के आकर्षण से ही खिंचता, गुरु की शरण में जाता है, ऐसे में विवेक और ज्ञान का विकास हो भी कैसे सकता है। कुछ माह पूर्व एक प्रसिद्ध तीर्थस्थली की धर्मशाला में ठहरी थी। सामने ही एक वैष्णवी का विराट आश्रम था, जिसकी किसी यज्ञशाला का निर्माण-कार्य उन दिनों चल रहा था। आश्रम के वैभव, और स्वयं वैष्णवी के व्यक्तित्व ने मुझे ही आकर्षित किया, सोचा क्यों न दर्शन कर आऊँ—क्या पता वे शान्ति के कुछ अमूल्य क्षण ही मुझे उपलब्ध करा दें।

मैं मिलने गई। दूर से जिस वैभव ने मुझे चकित किया था, नैकट्य से उसी ने मुझे स्तब्ध कर दिया। डनलप के मोटे गद्दे पर, रेशमी भगवा चादर बिछी थी, उसी पर गेरुआ गावतकिया लगा, अधलेटी मुद्रा में वैष्णवी ने सिर हिलाकर, मेरे अभिवादन का प्रत्युत्तर दिया। फिर बैठने का इशारा कर अपनी उदासीन दृष्टि फेर ली। मैं बड़ी प्रभावित हुई, न मेरा परिचय पाने की स्त्री-सुलभ जिज्ञासा, न आँख उठाकर दुबारा देखने की कोई लालसा। निश्चय ही उसने नारी-सुलभ कौतूहल पर अपने संयम का त्रिशूल गाड़ लिया था। एक ओर पाँच-छह हृष्ट-पुष्ट संन्यासी गायत्री जाप कर रहे थे, प्रत्येक के सम्मुख एक-एक 'माइक' लगा था, दूसरी ओर अनेक साधिकाएँ अगरबत्ती का गुच्छे का गुच्छा जलाकर धूपदान में सँजो रही थीं। धीरे-धीरे अगरबत्ती की सुवासित धूम्ररेखा मँडराती-इठलाती हमारी ओर चली आई और वैष्णवी आँखें मूँदकर स्वयं भी गुनगुनाने लगीं। मैंने इस बीच उन्हें ध्यान से देखा। बहुमूल्य शौट

सिल्क की गेरुआ लुंगी, वैसा ही ढीला कुर्ता, बंकिम जटाजूट पर बँधा रेशमी फीता, गौरवर्णी ग्रीवा पर विद्युत-वह्नि-सी चमकती सोने की चेन, कलाई पर बँधी घड़ी और उँगली पर अँगूठी। उस गैरिकवसना संसारत्यागिनी की शृंगार-साधना में मुझे वैराग्यदर्शन नहीं हुआ। थोड़ी ही देर में एक साधिका, गेरुआ रंग की प्लास्टिक की बाल्टी में जल ले आई। चरण-प्रक्षालन कर उसने गेरुआ रंग के तौलिए से ही प्रोक्षण किया और फिर एक चाँदी के गिलास में दूध भरकर दे गई। वह गिलास भी जाले लगे गेरुआ रुमाल से ढका था। माताजी की बहुत बड़ी डेरी भी थी, बड़ी-बड़ी गायें सींग हिलाकर, कंठ के मनकों की मालाओं के बीच गुँथी घंटियाँ टुनटुना रही थीं। आश्रम के गैरिक वातावरण के बीच मुझे वे श्वेतवर्णी गायें बेमेल लगीं। उनका कलेवर भी तो गेरुए रंग में रँगा जा सकता था। बहुत पहले एक बाँग्ला लोकगीत सुना था—

मन ना रँगाये की भूल करीले
कापड़ रांगले जोगी।

(मन तो रँगा नहीं कपड़े रँगा लिए—
यह कैसी भूल कर बैठा रे जोगी?)

उन्नीस

अभी उस दिन, मैं लौरेटो के चौराहे पर किसी रेस की तीव्र गति से भगाती कार के नीचे आते-आते बच गई। कार को सुपरसौनिक जेट की तेजी से भगाए जाने पर भी, मैंने उस चालक के परिचित चेहरे को पहचान लिया था। स्पष्ट था कि कार की उस अस्वाभाविक गति के पीछे मुँह से लगकर कभी न छूटने वाली का बहुत बड़ा योगदान था। उक्त चालक को, एक माह पूर्व, मैं हजरतगंज की एक दवा की दुकान के काउंटर पर बड़ी ही निर्लज्जता से लड़खड़ाते देख चुकी थी। वह दुकानदार दोनों प्रकार की दवाओं का विक्रेता है, मन की भी और तन की भी? उस दिन उसके बहुमूल्य कपड़ों की सज्जा देखकर ही लगा था कि वह किसी समृद्ध गृह का कुलदीपक है। लापरवाही से अधखुली टाई, टेरीलीन की दामी कमीज और गोरे मदालस चेहरे पर किसी मलंग मस्त फकीर की उदासीनता। मुझे उस अपरिचित तरुण की दुर्दशा पर तरस ही आया था।

आसपास खड़े लोग, उसे देख मुँह छिपाकर हँस रहे थे, किन्तु उसे, अपनी इधर-उधर पड़ती टाँगों के लिए, किसी प्रकार का विक्षोभ नहीं था। एक काउंटर पर, वह दामी आसव की बोतल बँधवा रहा था, दूसरे काउंटर पर मैं दवा ले रही थी। पल-भर में ही अपने चित्त-विकार की अनमोल औषधि की बोतल काँख में दबा, वह सीढ़ियाँ उतरने लगा, तो मुझे लगा, अभागा भरभराकर गिर पड़ेगा। तब ही दुकान के मालिक ने अपने नौकर से फुसफुसाकर कहा, "बाबा को कार तक छोड़ आओ।" सहमता नौकर, सहारा देने बढ़ा तो बाबा ने कुहनी से एक धक्का देकर लटपटी जिह्वा का चाबुक मारा, "अबे फूट!" और फिर बोतल को, किसी प्रेयसी की ग्रीवा की भाँति, गलबँहिया देता, कार में बैठ गया। इस बीच, उस चेहरे को मैं ठीक से देख चुकी थी। वह निश्चय ही किसी बहुत बड़े साहब का मुँहलगा 'बाबा' था किन्तु मद्यपान की जिस परमहंस अवस्था में, बाबा पहुँच चुके थे, वहाँ से अब उन बाबा के बाबा भी उन्हें नहीं लौटा सकते थे। झबरे-से बाल, ऊपर से पतले और कपोलों के ठीक बीचोंबीच आकर जापानी खुले पंखे से फैल गए काकपक्ष, एकदम ही निम्नमुखी ठुड्डी के ओर-छोर चूमती झुकी मूँछें। मेरे मुँह से एक ठंठी साँस निकल गई थी। मेरी जगह, यदि कोई और जननी भी होती, तो वह भी शायद भारत की भावी होनहार पीढ़ी के भविष्य के लिए ऐसी ही ठंडी साँसें भरती! क्या हो गया है हमारी संस्कृति को? जिस भारत का गौरव ही कभी ऐंठी सतर तनी मूँछों में सन्निहित था, इतिहास के जिन दिग्गज वीरों का शौर्य-पराक्रम, उनकी ऊपर को उठी ऐंठी मूँछों में विजयपताका बना फहराता था, उसी भारत की उठी मूँछें, आज सहसा नीचे को झुकने लगी हैं। पृथ्वीराज चौहान, टीपू सुल्तान, बुंदेला वीर छत्रसाल, मधुकर शाह, जिनकी मूँछों का ऊर्ध्वगामी उभार निश्चय ही दरबारी चितेरों की तूलिका के गर्व का विषय रहा होगा, आज अपनी श्रेष्ठता से, हमारी नवीन पीढ़ी को प्रभावित करने में, असमर्थ ही प्रतीत होती हैं। गुजरात की उक्ति, 'तारी मूँछें वली गईं' अर्थात् 'तेरी मूँछें नीची हो गईं' एक कदर्यकुत्सित गाली के रूप में ही प्रयुक्त होती रही है। किन्तु उस दिन, उस नन्हें बाबा की झुकी मूँछों से भी अधिक तरस मुझे उसके असमय के मद्यपान पर आया था। हमारे पुराणों के अनुसार, मदिरापान करनेवाला व्यक्ति नरक में जाता है किन्तु महँगाई के इस युग में वह स्वयं तो मरने के बाद नरक में जाता है, अपने परिवार, अपने माता-पिता को तो जीवन-काल में ही नरक में घसीट ले जाता है।

महाभारत, मत्स्यपुराण, मनुस्मृति, प्रत्येक धर्मग्रंथ ने, मदिरापान की निन्दा की है, यहाँ तक कि सोम-विक्रयी भी 'पूयवह' नामक नरक में जाता है, ऐसा उल्लेख है। किन्तु शास्त्रनिषिद्ध होने पर भी उस युग में मदिरापान अप्रचलित नहीं था। भास के वासवदत्ता नाटक में बलराम की मदिरा-प्रियता का उल्लेख है, एक प्रशस्ति में सूर्य की उपमा, मद्यपान के कारण ताम्रवर्णी युवती के कपोलों से की गई है। किन्तु उस युग के सोमरस में, और इस युग के सोमरस में अन्तर अवश्य रहा होगा। आज मिलावट के विष-मिश्रित मदिरापान के फलस्वरूप, लम्बी कतार में पड़ी लाशों के चित्र, प्रायः ही हम समाचारपत्रों में देखते रहते हैं। उन दिनों मदिरा की सृष्टि भी बड़ी ईमानदारी और निष्कपट निष्ठा से की जाती थी। सुरा कई भेदों में विभाजित थी—गौड़ी, पैष्ठी, माध्वी, कादम्बरी, हताली, लाँगलेया, तालजाता तथा सुरा। यही नहीं, आज के-से बेल्जियन-कट गिलासों की महिमा को फीके कर दें, ऐसे सुष्ठु मणि-निर्मित चषकों में सोमरस पिया जाता था। 'करक' भी ऐसे ही सुरापात्र थे, जिसमें मदिरापान कर, उन्हें तत्काल फेंक दिया जाता था।

उस व्यवसाय-वैविध्य ने प्रगति की हो या नहीं, इसमें कोई सन्देह नहीं कि सुरा-सेवियों ने स्वतन्त्रता के पश्चात् इस क्षेत्र में आश्चर्यजनक प्रगति की है। भय तब होता है जब हमारे देश की गौड़ी, पैष्ठी और माध्वी के प्रेमी, चषक पर चषक चढ़ा, वायु की गति को भी फीकी करते, सरसराती कार या वैस्पा पर तीर-से निकल जाते हैं; मनुष्य का जीवन उनके लिए मार्ग में चल रहे चींटे-सा ही अस्तित्वहीन है।

बीस

वैदिक साहित्य में नैतिक आदर्शों पर बल दिया गया है। नैतिक आदर्श ही मानवता के निर्माण में सहायक होते थे, कोरा आदर्श नहीं। उपनिषदों में आचार्य भी शिष्य को यही उपदेश देता है कि सत्य एवं धर्म के पालन में प्रमाद मत करो। माता के भक्त बनो, पिता के भक्त बनो, आचार्य के भक्त बनो एवं अतिथि के भक्त बनो। हमारी नवीन सभ्यता, आचार्य की भक्ति में अब विश्वास नहीं करती। आचार्य के जीवन-काल में ही उसका पुतला जला, उसकी अन्त्येष्टि करना अब शिष्य अपना पावन कर्तव्य समझते हैं। लगभग

यही दुरवस्था आज अतिथि की भी है। वैदिक काल में सदाचार की जो प्रधानता थी, अब वह नहीं रही। प्राचीन काल में आतिथ्य का एक महत्त्वपूर्ण स्थान था। हमारे भारतीय ग्रामों में, जहाँ अभी भी प्राचीन सभ्यता विलुप्त नहीं हुई है, आज भी अतिथि को वहाँ सम्मान प्राप्त है। ऋग्वेद में अग्नि को अतिथि कहा गया है अर्थात् जिस प्रकार अग्नि पवित्र है, उसकी पूजा की जाती है उसी प्रकार अतिथि भी उपास्य एवं पूज्य है। गृह का सर्वश्रेष्ठ कक्ष सदैव अतिथि के लिए ही आरक्षित रहता था। किन्तु आज सम्पन्न गृहों में भी अतिथि का आगमन गृहस्वामिनी को पुलकित नहीं कर पाता। इसका एक कारण तो यह भी है कि कमरतोड़ महँगाई ने हमारी धार्मिक, दार्शनिक, नैतिक मान्यताएँ ही नहीं बदलीं, हमारा दृष्टिकोण भी संकुचित कर दिया है। चाहने पर भी आज हम अपने औदार्य का प्रदर्शन नहीं कर पाते। प्रत्येक परिवार का अपना एक निजी व्यक्तित्व होता है, एक मर्यादा होती है और कुछ सीमाएँ होती हैं। उनके पालन में यदा-कदा कोई त्रुटि रह भी जाए तो पूरा परिवार उसे बड़ी स्वाभाविकता से स्वीकार कर भी लेता है किन्तु अतिथि की उपस्थिति में यह सम्भव नहीं होता। अतिथि चाहे कितना ही अन्तरंग आत्मीय क्यों न हो, उसकी उपस्थिति परिवार के प्रत्येक सदस्य को सजग कर ही देती है। मान लीजिए उस परिवार में परिस्थितिवश अभी एक ही सब्जी बनाकर रात्रिभोज निबटा लिया जाता है या दोपहर के भोजन में खिचड़ी या तहरी के संक्षिप्त परिवेशन से ही गृहिणी कर्तव्य-भार से मुक्त हो लेती है, अब यदि अतिथि आ जाए तो उसे कोई भी आत्मसम्मानी भारतीय गृहिणी खिचड़ी नहीं खिला सकती। इसी प्रकार चाय, नाश्ता, भोजन, उठक-बैठक सबमें ही अतिथि की उपस्थिति की छाप लग ही जाती है। इस कठिन समय में परिस्थितियाँ ऐसी हो गई हैं कि घरेलू बजट में इंच-भर की काट-छाँट भी गृहस्वामिनी का रक्तचाप घातक रूप से बढ़ा देती है। फिर अतिथि भी दो प्रकार के होते हैं—एक वांछनीय दूसरे अवांछनीय। अवांछनीय अतिथि एक प्रकार से पेशेवर अतिथि होते हैं, जिनके जीवन का ध्येय ही अतिथि बनना है। जब चाहा तब टपक पड़े, उनके शुभागमन का कारण भी उनकी हल्की-फुल्की यात्रा-सा ही हल्का-फुल्का रहता है—कोई क्रिकेट मैच, 26 जनवरी का उत्सव या शहर में चल रही कोई बहुचर्चित प्रदर्शनी। रेल-विभाग की चेतावनी का पूर्णरूपेण पालन कर जब वे भर जाड़ों में बिना बिस्तर के बत्तीसी निपोड़ते अटैची लटकाए द्वार पर खड़े हो जाते हैं तो गृहस्वामिनी को जूड़ी चढ़ आना स्वाभाविक है। आते

ही तौलिए से लेकर टूथ पेस्ट तक की माँगों से तो वे उसे विरक्त करते ही हैं साथ ही उनके घूमने और लौटने का भी समय निर्धारित नहीं रहता। जब चाहे तब चाय, कॉफी की फरमाइश करना वे अपना जन्मसिद्ध अधिकार समझते हैं, साथ ही नहा-धोकर अपने मलिन अन्तर्वस्त्रों का एक स्तूप गुसलखाने में यह कहकर छोड़ जाते हैं कि 'भई ये कपड़े जरा धुलवाकर डलवा दीजिएगा।' ऐसे अतिथि को किसी भी गृह में, उपास्य के रूप में स्वीकारा जाए ऐसी आशा करना व्यर्थ है। मुझे स्वयं एक ऐसे ही अतिथि का आतिथ्य कभी दिन-दोपहरी में भी तारे दिखा गया था। अब दुर्लभ अतिथि की सुदीर्घ उपस्थिति, सचमुच ही कभी मेरी बहुत बड़ी विवशता बन गई थी। वैसे, वे मेरे पति के बाल्यकाल के सहपाठी थे, और उनके आने के समाचार ने हमें पुलकित ही किया था किन्तु पहले दिन का वह 'पाहुना', दूसरे दिन तक ही 'मनभावना' रहा तीसरे दिन सचमुच ही कहावत को चरितार्थ करता 'घिनावना' बन गया। ब्रह्म मुहूर्त में उन्हें गर्म चाय की आकांक्षा रहती, फिर सूर्योदय के साथ वे आध पाव विशुद्ध सरसों के तेल की फरमाइश करते, जिसकी शुद्धता की जाँच वे अपने प्रशस्त नथुनों से सूँघकर करते। इसके पश्चात् उनकी श्यामवर्णी त्वचा को चमकाने मुझे घंटे-भर के लिए अपने नौकर का भेजना पड़ता। उसका कहना था कि अपने घर की भैंस को नहलाने में भी कभी उसे इतना परिश्रम नहीं करना पड़ा। शीतोष्ण जल से स्नानोपरान्त वे अपनी सुदीर्घ पूजा में डूबे रहते, फिर आरम्भ होता उनका समाचारपत्र-अध्ययन पर्व। ढेरों अंग्रेज़ी-हिन्दी समाचारपत्रों के सम्पादकीय पढ़ते, उनमें लाल-नीली पेंसिल की बुँदकियाँ छापते, कैंची मँगाकर कुछ पठनीय अंश कतरते। एक बड़ी-सी डिबिया में वे कतरनें सहेजते। उनके रहते हमारे गृह का एक भी समाचारपत्र या पत्रिका ऐसी नहीं थी जिसकी शल्यक्रिया न हुई हो। बड़ी देर बाद उठकर कहते— "खाने में तो अभी देर होगी, सोचता हूँ थोड़ा टहल आऊँ।" उनका टहलना, फिर मेरे दैनिक कार्यक्रम की धज्जियाँ उड़ा देता। अतिथि को छोड़कर हम खाना खा भी कैसे सकते थे। नित्य ही वे दो-ढाई बजे लौटते और फिर मेज पर भी उनकी विलम्बित जुगाली का क्रम पूरा घंटा-भर चलता। एक ओर महरी बड़बड़ाती, दूसरी ओर नौकर। रोटी भी उन्हें कुड़कुड़ी पसन्द थी, दाल न पतली न गाढ़ी, चावल का दाना-दाना अलग और सब्जियों में भी कुछ ही को उनकी परिमार्जित रुचि से मेल खाने का सौभाग्य प्राप्त था। जब वे गए तो लगा किसी लम्बी बीमारी से उठी हूँ। उस पर जाते-जाते बोले—"भाभी जी, दो सौ

रुपए दे सकेंगी! कुछ कम पड़ गए हैं, जाते ही लौटा दूँगा!" मैंने तो क्षणिक मानसिक शान्ति के अतिरिक्त और कुछ नहीं खोया, क्योंकि पूरे साल-भर बाद उन्होंने रुपये लौटा दिए, किन्तु पति के उस बाल्यकाल के मित्र ने अपने सुदीर्घ अवांछनीय सामीप्य एवं अविवेकी आचरण से जो बहुमूल्य वस्तु खो दी थी वह थी मेरे पति की मैत्री और हमारा सौहार्द। दूसरे प्रकार का अतिथि बड़े संकोच से ही अतिथि की मान्यता स्वीकार करता है। उसकी यही सहज संकोच उसे चुटकियों में उपास्य बना देता है। एक कुशल मनोवैज्ञानिक की सूक्ष्म दृष्टि से वह अपने मेजबान के गृह की मर्यादा एवं सीमाओं का अध्ययन करता है और फिर इस खूबी से उन्हें स्वयं ग्रहण कर लेता है कि उसकी उपस्थिति, एकदम ही स्वाभाविक बन उठती है। पूरा परिवार उसे गृह के स्थायी सदस्य के रूप में ही स्वीकार कर लेता है। आते ही वह प्रत्येक स्थान के लिए एक वस्तु और प्रत्येक वस्तु के लिए एक स्थान की मनोवृत्ति का परिचय देता है, न एक सामान इधर न उधर, यदि सुदीर्घ समय के लिए उस गृह का अतिथि बनना उसकी विवशता है तो उसका निर्वाह भी वह उसी गरिमा से करता है। एक चतुर व्यवहार-कुशल अतिथि की भाँति, वह पहले गृह के बच्चों का स्नेहभाजन बनता है, कभी उन्हें घुमाने ले जाकर, कभी कहानियाँ सुनाकर, कभी बाजार से कुछ चीजें दिलवाकर। फिर वह गृह की क्राइस्ट लेडी को, किसी दक्ष राजनयिक के गाम्भीर्य से अपने क्रेडेंटियल्स थमाता है। बाजार गया तो डबलरोटी ले आया, दर्जन-भर अंडे और मक्खन। कौन गृहस्वामिनी ऐसी होगी जो दर्जन-भर अंडे, पुष्ट डबलरोटी और मक्खन देख, अतिथि को उपास्य रूप में स्वीकार न करे। ऐसे देव-दुर्लभ अतिथि का आना नहीं खलता, जाना खलता है।

इक्कीस

यह कभी स्वप्न में भी नहीं सोचा था कि ठीक इन्हीं दिनों, गत वर्ष जिस महिमामयी का रेखाचित्र 'कोयलिया मत कर पुकार' से आरम्भ किया था, उसी की स्मृति पर श्रद्धा के सुमन चढ़ाने होंगे, उनकी उस दूसरी चिरपरिचित मीठी गूँज के साथ—'हम परदेसी लोग!' हृदय एक शून्यता से भर जाता है, स्नेह का वह विशाल प्रवाह, सहसा किस अज्ञात दिशा में बहता, अन्तर्हित हो

गया! अभी भी विश्वास नहीं होता कि बेगम अख्तर का वह हँसमुख चेहरा, अब कभी देखने को नहीं मिलेगा, स्नेहसिक्त स्मित का वह मधुर आह्वान अब किसी भी ईद पर मुखर होकर नहीं कहेगा—'अख्खा अब लगा कि ईद आई!' किंचित् बैठा गला, निरन्तर इधर-उधर की भाग-दौड़ से कुम्हलाया-क्लांत चेहरा, अँगुलियों के बीच दबी सिगरेट, सामने रखा चाँदी का बड़ा-सा पानदान, स्वच्छ चाँदनी पर बिछे, मखमली, फीरोजी कालीन पर लगा गावतकिया, और उसका सहारा लिए अधलेटी मुद्रा में मुस्कराती सदाबहार 'मलिकाए तगज्जुल'। आज भी सबकुछ वैसा ही धरा है, नहीं है केवल पानदान और सिगरेट का वह मादक धुँआ! उनकी अँगूठी के उस सुर्ख याकूत की स्मृति, सहसा लाल-गर्म चिमटे-सी ही हृदय को दाग जाती है। गत वर्ष, प्रायः ही उनके यहाँ जाती, और घंटों बैठी रहती। उनके उस इंटरव्यू की अनुमति, मुझे अनेक मान-मनुहार के पश्चात् मिली थी, साथ ही शर्त भी थी उतनी ही कठोर।

"देखो बेटी, मैं जैसी हूँ, जैसी मेरी गायकी है, तुम शौक से लिख सकती हो, पर कोई भी पिछली बातें नहीं पूछोगी, और पूरा इंटरव्यू मुझे लिखकर सुनाना होगा, कोई भी लाइन हमें नहीं जँची तो एकदम 'कट'!"

"यही होगा अम्मी" और मैं दूसरे ही दिन पहुँच गई। स्पष्ट था, कि उनके अतीत के अन्तरंग कक्ष में, मेरा प्रवेश सर्वथा निषिद्ध था। किन्तु उस यवनिका को, तनिक-सा उठाए बिना क्या मैं उनका सशक्त चित्र खींच पाऊँगी? उधर, पत्र के सम्पादन-विभाग से पत्र पर पत्र आ रहे थे कि मैटर प्रेस में जा चुका है, मैं यथाशीघ्र बेगम अख्तर का रेखाचित्र भेजूँ! पर मैं भेजती क्या खाक, वहाँ तो मेरी दुःसाहसी लेखनी भी उस सशक्त व्यक्तित्व के सम्मुख, थर-थर काँपती अवश होती जा रही थी। बड़े छल-बल से, मैं उन विगत स्मृतियों का टोकरा बटोरे, नित्य उनके पास पहुँचती, जब उस कंठ में यौवन की खनक थी—'छा रही काली घटा' गाकर लक्ष-लक्ष संगीत-रसिकों के हृदय-हरण करनेवाली अख्तरी, रूप-यौवन-मण्डिता साक्षात् किन्नरी-सी अख्तरी, प्रसिद्ध संगीत- निर्देशक झण्डे खाँ से गण्डा बँधवाकर, कलकत्ता के विराट नाट्यगृह में, मंगलाचरण गाती अख्तरी, शत-सहस्र दर्शकों को, अपनी उत्कृष्ट अभिनयकला से आँचल की गाँठ में बाँधनेवाली अख्तरी, हैदराबाद निजाम की संगीत-सभा में अपनी विजय-पताका फहराकर लौट रही अख्तरी—किन्तु मेरी चालें वह भाँप लेतीं, पर उसी क्षण हँसकर वे अपने विगत जीवन की उन

महिमामयी स्मृतियों को लिपिबद्ध करने की उदार अनुमति भी देती चली जातीं। पर जब मैं उन्हें उनकी गायकी पर लिखा अपना मौलिक दृष्टिकोण पढ़कर सुनाने लगी, तब सच कहती हूँ, मेरा कलेजा बुरी तरह धड़क रहा था, क्या पता, कहीं अब तक यत्न से बाँधी गई मेरी भूमिका, सहसा उनके असमर्थन से व्यर्थ न हो उठे! मैं पढ़ रही थी, और वह ध्यानमग्ना आँखें बन्द किए सुन रही थीं।

"श्री वामनराव देशपांडे भारत के प्रसिद्ध संगीतविद् हैं, उन्होंने स्वयं विधिवत् ग्वालियर, किराना एवं जयपुर तीनों घरानों की संगीत-शिक्षा प्राप्त की है। उनके अनुसार पटियाला घराने का स्थान, जयपुर एवं किराना के मध्य स्थित है। किराना की विशिष्टता है—सामान्य नक्की स्वर, साथ ही आवाज में एक विचित्र-सी खुरदुरी खराश जिसका, अपना एक निजी आकर्षण रहता है, स्वर की यह मिठास, नाजुक रेशमी तागे की भाँति खिंचती और सुननेवालों को भी साथ-साथ खींचती चली जाती है। यह रेशमी डोर, जिस अनूठी कशीदाकारी का जाल बिखेरती चली जाती है, उससे बँधा श्रोता सबकुछ भूल-बिसर कर रह जाता है। उधर जयपुर घराने को, उन्होंने सर्वश्रेष्ठ माना है, किसी सुदक्ष शिल्पी की गढ़ी मूर्ति-सा ही दोषरहित स्वरलय का अपूर्व सामंजस्य, विकास की छन्दमयी गति, और मनोरंजकता इस गायकी के विशिष्ट अंग हैं। बेगम अख्तर की गायकी पर, इन तीनों घरानों की सुस्पष्ट छाप है।" इतना पढ़कर मैंने कनखियों से उनकी ओर देखा और फिर तो, उस प्रशान्त चेहरे के सन्तुष्ट स्मित का समर्थन मुझे निर्भीक बना गया। अन्त तक, उनकी ओर बिना देखे, मैं एक के बाद एक पृष्ठ पढ़ती चली गई। जब अपनी अन्तिम पंक्ति पढ़ी, तब उन्होंने मेरे दोनों हाथ थाम लिए थे, "बेटी, मुझ पर बहुत कुछ लिखा गया है और खुदा कसम, आज तक इत्ता उम्दा किसी ने नहीं लिखा," उनकी आँखें छलछला रही थीं। उस आर्द्र दृष्टि ने मुझे अपनी उस रचना का जैसा पारिश्रमिक उस दिन दिया, जीवन में न कभी पहले मिला था, न शायद कभी मिलेगा।

बेगम अख्तर की गायकी, किन्नर-कण्ठी लवकुश के सुकण्ठ को दी गई महाकवि कालिदास की श्रद्धांजलि का पुनः स्मरण करा देती है—'तद्गीत-श्रवणौकाग्रा संसदश्रुमुखी वमौ, हिमनिश्चयन्दिनी प्रातर्निवातेव वनस्थली'—जिनका गायन, राम की राज्यसभा में, तन्मय मुग्ध सभासदों की आँखें अश्रुप्लावित कर देता था, लगता कि प्रभात की निर्वात वनस्थली से, शिशिर

झर रहा है। ऐसी ही कुछ अद्‌भुत शक्ति थी बेगम के वेदनाविधुर कण्ठस्वर में। यदि देखा जाए तो उनके विगत चार-पाँच वर्षों की प्रौढ़, मँजी गायकी में, जो एक सर्वथा नवीन निखार उभरा वह उनके संगीत-जीवन की एक महत्त्वपूर्ण उपलब्धि थी। उनके श्रोता, प्रत्येक अनुष्ठान में ही उनसे 'कोयलिया मत कर पुकार' गाने का अनुरोध करते और उतनी ही बार उन सरस आम्रकुंजों में, उस कोयलिया की नित्य नवीन पुकार की करुण टीस, खम्भाज के परिचित स्वरों को, अवसाद के गाम्भीर्य से रँग देती।

बेगम की एक स्मरणीय गजल 'ए मोहब्बत तेरे अंजाम पै रोना आया', जो उन्हें स्वयं भी बहुत प्रिय थी, उनके गुनगुनाते में, एक अनोखी ही मिठास से परिवेशित होती थी। रिकार्ड में, वाद्यों से बहुअलंकृत यह गजल, जब उन्होंने एक बार मेरे अनुरोध पर गुनगुनाकर मुझे सुनाई, तो लगा काश इस मधुर आभरणहीना स्वर-लहरी की इस मीठी गुनगुनाहट को कोई ऐसे ही टेप कर लेता! वाद्यविहीन उस गजल की दुःसहवेदना, उस गुनगुनाहट में कितनी तीव्र-प्रखर होकर उभरी थी, आज लिखकर बताना कठिन प्रतीत होता है, किन्तु उस गुनगुनाहट ने, हृदयतन्त्री के तारों को जैसे झंकृत कर दिया था, वह उनके यत्न से परिवेशित लौंग प्लेयिंग ने भी नहीं किया। बेगम की गायकी की विशिष्टता थी, उनके व्यक्तित्व-सी ही सहज स्वाभाविकता। लगता था, कण्ठ से संगीत की स्वरलहरी, उसी स्वाभाविकता से छलछल करती झर रही है जैसे जलप्रपात की स्वच्छन्द जलधारा! ठुमरी या दादरा, केवल श्रोताओं के हृदयहरण के लिए ही नहीं हैं, उनका भी एक गरिमामय व्यक्तित्व है, यह पटना की बेनज़ीर के बाद, शायद पहली बार बेगम अख्तर ने ही अपनी कुशल गायकी से प्रमाण सहित सिद्ध कर दिया। जिन्होंने, उन्हें भाव-विभोर होकर, आनन्दी मुद्रा में 'निहुरे-निहुरे अँगनवा बुहारूँ' गाते सुना है, उन्होंने निश्चय ही, दादरा की महत्ता को भी नतमस्तक होकर स्वीकार किया होगा। 'छोटे देवर तोर मुश्कैं बँधइहौं, जब घर अइहैं बलमुवाँ हो...निहुरे-निहुरे' गाती दुलार-भरी अल्हड़ भाभी जैसे सचमुच मुश्कें बाँध, छोटे देवर को श्रोताओं के सम्मुख खड़ा कर देती थीं। बैठे-बैठे ही गाकर भी 'खड़ी ठुमरी' का समाँ बाँध देनेवाली, उस सुकण्ठी गायिका का उच्च स्तर आज तक अन्य कोई गायिका स्पर्श नहीं कर पाई।

शायद बहुत कम लोग जानते होंगे कि संगीत की जटिल सिद्धान्त कौमुदी के एक-एक सूत्र जिसके जिह्वाग्र पर था, जिसके कण्ठ की बाजीगरी लाख-लाख

संगीत-रसिक श्रोताओं को सम्मोहित पद्‌मनाग-सा झुमा सकता था, वार्धक्य भी, जिसके कण्ठ की मादक मिठास को अन्त तक पराजित नहीं कर पाया, उसके स्वयं के जीवन को कभी अहंकार का विषधर नहीं डस पाया। जीवन-सहचर का त्याग एवं अटूट प्रेम ही शायद उनकी गायकी में दिन-प्रतिदिन नवीन निखार लाता गया। आज बेगम अपने असंख्य संगीत-श्रोताओं को ही अनाथ नहीं कर गईं, अनाथ कर गई हैं अपने उस सौम्य सहचर को, जिसका जीवन ही बिब्बो थीं।

"उन्हें भूलना कितना मुश्किल है बेटी, तुम समझ नहीं सकतीं," उनके बैरिस्टर पति अब्बासी साहब ने अपनी उदास-रिक्त दृष्टि न जाने किस शून्य-बिन्दु पर केन्द्रित कर दी! पर मैं समझ सकती हूँ। जीवन की प्रौढ़ गोधूली में जीवन-सहचर का विछोह, वही समझ सकता है, जिसने उन भयानक रिक्त क्षणों को झेला है। परिचित कण्ठ-स्वर का आभास, पहचानी, कोई पदचाप की खनक, कपड़ों से लिपटी जीनेवाले को हर क्षण मारनेवाली पीछे छूट गई देह-परिमल का और असंख्य स्मृतियों का बोझ ढोते, प्रति क्षण टूटते कन्धे! कोई उसे नहीं भूल सकता।

अब्बासी साहब के सुदर्शन गम्भीर चेहरे पर गहरे अवसाद की छाया घनीभूत हो आई थी।

"दुनिया की दोस्त थीं, पर अपनी ही दुश्मन बन गईं, कितना समझाया, बेगम, इतनी दौड़धूप मत करो, तुम्हारी तबीयत ठीक नहीं है, पर नहीं मानीं। पहले कलकत्ता, फिर दिल्ली, फिर अहमदाबाद... ।"

विधि की भी यह कैसी विचित्र विडम्बना थी कि जिनके बिना उनके व्यस्त जीवन का एक पल भी सार्थक नहीं था, अन्तिम क्षणों में, वे उन्हीं से विलग हो गईं। उनके पति, दिल्ली में उन्हीं की एक शिष्या के यहाँ टिके थे कि अकस्मात् उस वज्रपात की सूचना मिली और संगीत-साम्राज्ञी का पार्थिव शरीर, प्लेन से दिल्ली लाया गया।

"मैं रास्ते-भर यही सोच रहा था," अब्बासी साहब कह रहे थे, "कानपुर से लखनऊ इन्हें कैसे ले जाएँगे! इस कार से उन्हें बेहद खौफ था, मैंने भी सोच लिया था चाहे कन्धे पर ही क्यों न ले जाना पड़े, मैं उन्हें इस गाड़ी पर नहीं जाने दूँगा। फिर न जाने कहाँ से, एक टैक्सीवाला भागता-भागता आ गया। कहने लगा—'हुजूर, मैं ले जाऊँगा बेगम साहब को, मैंने उनकी पहले भी खिदमत की है'!"

पूरा लखनऊ ही जैसे उमड़ गया था। आकाशवाणी ने जो सम्मान, उस दिवंगता महान गायिका को दिया, वह सम्भवतः आज तक किसी कलाकार को प्राप्त नहीं हुआ। 'मलिकए तरन्नुम' एक मलिका की ही शान से, उस जननी के पार्श्व में, चिरनिद्रा में लेट गईं, जिन्होंने कभी उनके जीवन के निराश क्षणों में अपने आशीर्वाद में उनके उज्ज्वल भविष्य की रूपरेखा आँककर रखी दी थी, 'तुमने मेहनत की है बेटी, इन्शाअल्लाह तुम कामयाब रहोगी', मुझे लगता है जैसे मेरे इंटरव्यू के बीच, सिगरेट की धूम्ररेखा से धूमिल चेहरा अभी-अभी मुस्कराता कह रहा है, 'मैं स्टेज ही तक एक आर्टिस्ट हूँ...घर में हूँ सिर्फ बीबी,' उनकी यादों के सुनहले तार बीनते, अब्बासी साहब फिर कह रहे थे, "एक दिन कचहरी से लौटा तो देखा, मेरे कोई पच्चीस-तीस जोड़ी जूते, कालीन पर फैलाए पॉलिश कर रही हैं।

" 'यह क्या हो रहा है?' मैं झल्लाया।

" 'क्यों, पॉलिश कर रही हूँ,' उन्होंने हँसकर कहा।

" 'यह काम तुम्हारा नहीं है बेगम, नौकर कहाँ हैं?' मैंने पूछा।

" 'सच पूछिए, तो यह काम मेरा ही है, नौकरों का नहीं...'

" 'ठीक है, मैं अभी अकबर अली को फोन करता हूँ बेगम अख्तर की 'पद्मश्री' छीन ली जाए, जिन्हें आपने 'पद्मश्री' दी वे जूतियों पर रोगन लगा रही हैं!'

" 'ठीक है कर दीजिए, और फिर मैं जो फोन उन्हें करूँ उसे भी सुन लीजिएगा।' "

अब्बासी साहब कुछ क्षण रुककर बोले, "उस जीवन-संगिनी की स्मृतियाँ क्या एक-आध थीं? मुझे सुबह उठने में देर होती तो जगातीं—'मियाँ, उठो नमाज पढ़ लो...।' मेरी नमाज पूरी होने से पहले ही फिर नौकरों को पुकारने लगतीं—'सब नमकहराम सो रहे हैं कम्बख्त, मियाँ नमाज भी पढ़ चुके और यहाँ कोई चाय बनाकर देनेवाला भी नहीं...'

"आज तीन रातों से सो नहीं पा रहा हूँ। लगता है—यहीं बैठी जगा रही हैं—मियाँ उठो, नमाज पढ़ लो, नमाज पढ़ता हूँ तो फिर लगता है नौकरों को पुकार रही हैं—सब नमकहराम सो रहे हैं, मियाँ नमाज भी पढ़ चुके और कोई चाय बनाकर देनेवाला भी नहीं।..."

मूक रुदन का गह्वर फिर उनके कण्ठ को अवरुद्ध कर गया था।

निर्जन-निःसीम शून्य के कक्षगवाक्षों से रात-आधी रात को गूँजती, जानेवाली की इस पुकार का मर्मांतक आघात, कानों पर ही नहीं होता, होता

है हृदय पर। जिसे मृत्यु, किसी उन्मत्त नदी की भाँति, अपने तीव्र वेग में प्रवाहित कर ले जाती है, स्वप्नों का औदार्य कभी-कभी उसे उसी प्रखर वेग से एक क्षण को लौटा भी देता है, और कितना छलनामय बन उठता है वह क्षणिक मिलन! आँखें खुलती हैं, और रह जाती है एक उद्भ्रांत चित्त की व्याकुलता, यह विछोह मृत्यु के भयंकर विछोह से भी अधिक दुःसह लगता है। कानों तक आकर लौट गई परिचित स्वर की वह गूँज, फिर कई अभिशप्त रातों तक कानों में गूँजती रहती है।

गत वर्ष, मेरे पति गम्भीर रूप से अस्वस्थ थे, मक्का-मदीना से लाई गई एक अँगूठी बेगम अख्तर ने मुझे देकर कहा था, "दाहिने हाथ की अँगुली में पहना देना, इन्शाअल्लाह ठीक हो जाएँगे।"

मृत्यु से पराजिता वह अँगूठी, आज मेरी अँगुली में है। आज तक, वह मेरे लिए जीवन-सहचर का स्मृति-चिन्ह थी और अब, ऐसी वात्सल्यमयी दिवंगता महीयसी सहचरी का भी स्मृति-चिन्ह बन गई है, जिसका रससिक्त स्वर, कल तक प्राणों में मधु घोलता था पर आज? आज उसी कण्ठ-स्वर की स्वामिनी के शब्दों में वे हमारे लिए बन गई हैं—'हम परदेसी लोग!'

बाईस

अभी 'टाइम' के ताजे अंक में, अमेरिकी पालतू पशु-पक्षियों के विषय में एक लेख पढ़ा, तो अनायास ही उनके सौभाग्य पर ईर्ष्या हो आई। महार्घता या इन्फ्लेशन का आतंक उनके यहाँ भी लगभग हमारे ही स्तर का होता जा रहा है किन्तु उनके प्रिय पालतू जीवों को, न इस लोक की चिन्ता है न परलोक की। इस जीवन में तो उन्हें देव-दुर्लभ सुख-साधन उपलब्ध हैं ही, गतायु होने पर उनके लौस ऐंजल्स स्थित कब्रिस्तान में, संगमरमर की ऐसी-ऐसी भव्य कब्रें हैं, जिन्हें देख, मनुष्य भी उनमें सोने को ललक उठता हो। वहाँ की एक कब्र के लिए पशु-प्रेमियों को एक बहुत बड़ी रकम चुकानी पड़ती है। एक भाग्यवती सुनहली मछली, वहाँ चिरनिद्रा में सो रही है, दूसरी ओर सो रही है एक पालतू खरगोशिन, उसकी संगमरमरी कब्र पर, यह हृदयविदीर्णकारी पंक्ति खुदी है—

'पेनी-जन्म 3-10-66,
मृत्यु 1-1-70

वह कभी जान ही नहीं पाई कि वह खरगोश है।

हम इन पंक्तियों की ईमानदारी पर, अविश्वास कर भी नहीं सकते। क्योंकि वह ऐसे भाग्यशाली पालतू पशुओं का देश है जहाँ के प्रबुद्ध पशु-प्रेमी नागरिक, यह कहकर अपना पशु-प्रेम प्रदर्शित करते हैं, 'जो भी दो पैरों पर चलता है, वह मानव का शत्रु है और जो चौपाया है या पंखों से उड़ता है वही है मानव का परम मित्र।' पश्चिमी सभ्यता के खंडित समाज के ये अत्यन्त सभ्य नागरिक, जिन-जिन बातों से अपने इस अपूर्व पशु-प्रेम का खुला प्रदर्शन कर डींगें हाँकते हैं, वह हमारी दृष्टि में एक हास्यास्पद एवं मूर्खतापूर्ण खोखला प्रदर्शन ही है। वहाँ जो राशि बच्चों के दुग्ध आहारादि पर व्यय की जाती है उससे 6 गुनी अधिक व्यय की जाती है पशुओं के लिए विशिष्ट रूप से तैयार की गई खाद्य सामग्री पर। इस व्यय की कटौती संसार की भूखी आबादी की एक-तिहाई को भूखों मरने से बचा सकती है : कृषि विभाग के सचिव अर्लबज के कथनानुसार यदि अमेरिकी, अपने पालतू कुत्ते-बिल्लियों की आबादी को पचास प्रतिशत घटा दें तो असंख्य क्षुधार्त मानवों की प्राणरक्षा हो सकती है। वहाँ के पशु-प्रेमी, केवल पशुओं के खाद्यान्न पर ही अन्धाधुन्ध पैसा नहीं लुटाते उनके खर्चे बहुमुखी हैं। कुत्ते-बिल्लियों के लिए विलास की वे समस्त सामग्रियाँ उपलब्ध हैं जो स्वयं उनके लिए हैं, जैसे कपड़े, गहने, नकली दाँत, घड़ियाँ, कनटैक्ट लैंस, सुगन्ध, इत्र-फुलेल, स्वास्थ्य-सुरक्षा, बीमा योजना और असंख्य ऐसी पुस्तकें—'अपने पालतू साँप के साहचर्य को कैसे सुखद बनाएँ' आदि-आदि। पालतू पशुओं में हाथी, चीता से लेकर, बिच्छू, घोंघा, छिपकली एवं गिलहरी की भी गणना की जाती है। उधर कुत्तों के 120 तथा बिल्लियों के 28 स्वीकृत गोत्र हैं। जितना ही व्यक्ति सम्पन्न होगा, उतना ही वैभव-सम्पन्न उसका पालतू पशु भी होगा। एक प्राचीन फैरों के विषय में, यह कहा जाता है कि उसने अपने कुत्ते-बिल्लियों की समुचित देखभाल के लिए 12000 अनुचरों का एक दस्ता नियुक्त किया था। प्राचीन ही नहीं प्रबुद्ध, सभ्य, आधुनिक अनेक विख्यात व्यक्तियों का भी पशु-प्रेम उल्लेखनीय रहा है। ओविड ने, अपने प्रिय कुत्ते पर एक हृदयग्राही कविता लिखी है, प्रख्यात कवि

टी.एस. इलियट ने अपनी बिल्लियों पर। यहाँ तक कि चर्चिल भी कहा करते थे—"मैं अपने कुत्ते से जो हृदय की अन्तरंग बातें कहता हूँ वह कभी मनुष्य से नहीं कह सकता।"?

वहाँ पशु-आहार के विज्ञापन की भी निराली ही छटा रहती है। 'हमें आपके कुत्ते को, आपके परिवार के सदस्य की ही भाँति खिलाने का सुअवसर दीजिए' या 'इसका स्वाद आपके कुत्ते को भाएगा, सुगन्ध आपको। आप दोनों को ही यह समान रूप से मोहेगा।' वहाँ कुत्तों को विशेष रूप से प्रिय बोटियों के पारखी विशिष्ट बूचड़ हैं और कुछ समृद्ध गृहों में तो, कुत्ता भी स्वामी के साथ-साथ खाने की मेज पर उसी अकड़ से तनकर बैठा रहता है। भोजन के पश्चात् मांस से सुगन्धित दन्त-मंजन से कुत्ते के दाँत साफ कराए जाने की भी सुविधा प्राप्त हो सकती है। इसके पश्चात् उनकी सज्जा की व्यवस्था रहती है। सोने के बाजूबन्द, लेसपैटी, टोप, हैट या गाउन, यही नहीं, वार्धक्य से भूरी पड़ रही उनकी त्वचा को रँगे जाने की भी पूर्ण व्यवस्था रहती है। सजधज कर भाग्यशाली कुत्ते, अपने लिए विशेष रूप से बने किसी भी 'पब' या मधुशाला में छककर सुरापान भी कर सकता है, आसव भी ऐसा-वैसा नहीं, या 'वोडका' या नारियों का प्रिय आसव 'क्रीमडी मिथ'। यदि कोई पशु-प्रेमी अपने पालतू प्रिय पशु का तैलचित्र अंकित करवाने का इच्छुक हो तो वैसे कलाकार भी उनकी सेवा को सदैव तत्पर रहते हैं। 'काकातुआ' के लिए 'स्वयं सोखी' लँगोट उपलब्ध हैं जिनसे उनकी बीट इधर-उधर न छिटके। यह सब सुनकर अपने देश के उन प्रतिभासम्पन्न तोता-मैना के मंद भाग्य पर रोना आता है जो लोहे के भद्दे पिंजड़ों में, घिनौनी बीट पर फुदकते व्यर्थ ही में अपनी प्रतिभा का अपव्यय कर चीखते चले जाते हैं। 'मिट्ठू, राम-राम कहो, सीताराम'। बेचारों का जीवन ही, कच्चे-पक्के अमरूद के दाने और मिर्च के बीज कुतरकर व्यर्थ चला जाता है। उधर उस देश के तोता-मैना के खाने के लिए सोने-चाँदी के कटोरे में विभिन्न व्यंजन परसे जाते हैं। 'पूडल' के लिए नकली रेशमी पलकें हैं, धूप के चश्मे हैं, बीसियों रंग के विभिन्न नेलपॉलिश हैं, और हैं कान के लटकन, तैरने के लिए बिकीनी सूट। जन्मदिन के सुअवसर पर वहाँ के सुसभ्य पशु-पक्षी फोन पर 'भोंक-भाँक' या म्याऊँ-म्याऊँ से अपने अतिथियों की बिरादरी को न्यौत सकते हैं। जन्मदिन का केक यकृत से बनाया जाता है, ऊपर बिछी रहती है, दुग्धचूर्ण की मोटी तह। हमें यह सब सुनने में किसी परी कथा-सा ही

अविश्वसनीय लगता है किन्तु 'टाइम' जैसी लब्धप्रतिष्ठ पत्रिका कभी कल्पिक समाचार का प्रकाशन नहीं कर सकती। यही नहीं, एक स्थान पर, कुत्तों की कुण्डली का भी उल्लेख है। वहाँ के भाग्यशाली पालतू पशुओं की कुण्डली बनाते हैं क्रिस्टोफर कर्फ जैसे प्रसिद्ध ज्योतिषी, जिन्होंने हाल ही में वहाँ नये राष्ट्रपति फोर्ड की प्रिय कुतिया 'लिबर्टी' के विषय में उसकी कुण्डली स्थित ग्रहदशा देख भविष्यवाणी की है कि 'वयस के साथ-साथ लिबर्टी एक अद्‌भुत प्रेमिका सिद्ध होगी एवं एक दिन शारीरिक प्रेमोदधि में आकंठ डूबकर रह जाएगी।'

किन्तु, यह प्रबल ग्रह तो संसार के सम्पूर्ण श्वानकुल की कुण्डली में ही रहता है, फिर इसमें क्या नई विशेषता हुई। हो सकता है लिबर्टी की ग्रह-स्थिति वास्तव में ही विलक्षण हो, किन्तु जिस देश में मनुष्यों की ही कुण्डली नहीं बन पाती वहाँ के लोग ऐसी गणना ही महत्ता को समझ भी कैसे सकते हैं। वैसे एक प्रकार से, यह हमारा सौभाग्य ही है कि हमारा देश अभी ऐसे मूर्ख पशु-प्रेम का समर्थक बन पाने योग्य नहीं हुआ है। पहाड़ की एक पुरानी कहावत है—'कुनल के देखन्छा गुनल देखो' अर्थात् कुण्डली देखकर क्या करोगे, व्यक्ति की मुण्डली या सिर ही देख लो। हमारे चिरदरिद्र देश के पशु-पक्षियों की कुण्डली बनाए बिना ही उनकी ग्रहस्थिति भाँपी जा सकती है। पेट से पीठ लगाए हाड़-पंजर हिलाती गाए-भैंसों की टोली, जब गोधूली को धूसर करती सामने से गुजर जाती है तो 'टाइम' पत्रिका के उस लेख को पढ़कर यही विचार आता है, इनकी कुण्डली बनाई जाए, तो क्या प्रत्येक चौपाए का चिरदरिद्र योग नहीं निकलेगा? गुरु लग्नेश होकर केन्द्र के बाहर सूर्य के साथ अस्त, और भाग्य भाव में शनि!

तेईस

इधर कुछ वर्षों में, हमारे प्रगतिशील देश में भी, सौन्दर्य-प्रतियोगिताओं की बाढ़-सी आ गई है। किसी फाइव स्टार सुख्यात होटल में, आदर्श रूपवान की जोड़ी का चुनाव विदेश-यात्रा के लुभावने पुरस्कार की घोषणा करता है तो कहीं, टीन ऐज प्रिंसेस का आयोजन किया जाता है, कहीं सुन्दरी 'मे क्वीन' का ताजधारी मुस्कराता चित्र छपता है, और कहीं किसी ख्यातिप्राप्त पत्रिका

के नाम से जुड़ी सुन्दरी कुमारी के चयन की घोषणा की जाती है। ऐसी विस्मयकर प्रगति से, हमें निश्चय ही सन्तोष होता, यदि उसी के साथ, सम्भ्रान्त गृहों की लड़कियों के अपहरण, या किसी रेल-यात्रा में शोहदों द्वारा उनके प्रति किए गए दुर्व्यवहार का समाचार पढ़ने को नहीं मिलता। कॉलेज जाकर, किसी लड़की का घर न लौटना, हमारे लिए, अब तक ऐसा सामान्य समाचार बन गया है, जिसे हम दूसरे ही दिन भूल जाते हैं। ऐसा क्यों हुआ? इसके लिए सिर खपाने की अब कोई आवश्यकता नहीं रह गई। आज जो एक परिवार की लड़की के साथ हुआ है, वह कल हमारे परिवार की लड़की के साथ भी हो सकता है, यह न हम समझते हैं, न समझना चाहते हैं। हममें से कुछ पाश्चात्य शिक्षा को दोषी ठहराते हैं, कुछ सिनेमा को, कुछ निर्लज्ज आधुनिक वेशभूषा को और कुछ, यह कहकर सामाजिक कर्त्तव्यभार से मुक्त हो लेते हैं कि सब दोष माता-पिता का है, जब गृह में ही मर्यादा नहीं रहेगी तो बच्चे क्या खाक सीखेंगे? लड़के गाँजे-चरस का सुट्टा खींचेंगे और लड़कियाँ इधर-उधर भागेंगी। किन्तु इस कथन में कुछ तथ्य रहने पर भी, इस मूल समस्या का समाधान नहीं करते। समाज का एक अविच्छिन्न अंग होने के कारण हमारा भी निश्चय ही कुछ कर्त्तव्य है, यदि व्याधि शरीर में है और वह भी ऐसी व्याधि जो किसी भी क्षण घातक बन, पूरे शरीर को निष्प्राण कर सकती है, तो ऐसा हो ही नहीं सकता कि उसका एक अवयव उस दुष्प्रभाव से अछूता रह जाए।

समयानुसार, हमारी धार्मिक, सांस्कृतिक एवं आर्थिक मान्यताओं ने करवट बदली है और इसी युग-परिवर्तन के साथ-साथ नारी के स्वभाव, गुण, आदर्शों में भी, परिवर्तन हुआ है। स्त्री कहने का अर्थ ही है, उसके लज्जित स्वभाव का आभास कराना—'लज्जार्थस्य-लज्जन्तेपिताः'—किन्तु बदलती मान्यताओं के साथ, नारी का वह रूप जो परमवंदनीय रहा, धीरे-धीरे बदल गया, सुकृति के साथ विकृति का समावेश हुआ। नारी की वही बदलती अवस्था, क्रमशः समकालीन साहित्य में, प्रतिबिम्बित होती गई। वैदिक साहित्य में जो देवी थी, वह शनैः-शनैः मानवी बनी। जहाँ वैदिक मनीषियों ने नारी जाति की प्रशंसा ही अधिक की निन्दा कम, वहीं पुराणों ने उनकी कटु आलोचना आरम्भ की। नारी की अल्पज्ञता, चंचलता, वाचालता आदि अवगुणों को बढ़ा-चढ़ाकर उसे छलना की आधारभूमि के रूप में प्रतिपादित किया गया। यहाँ तक कि कालिदास जैसे महान कवि, जिन्होंने नारी के विशाल नेत्र, प्रकाशित शरत चन्द्र

की भाँति मुख, कन्धों पर ईषत झुकी बाँहें, उभरते हुए कठोर स्तनोंवाला वक्षस्थल, मुष्टिका प्रमाण की कमर का मनोहारी वर्णन कर, उसे किसी नाट्यगुरु के कथनानुसार ही निर्मित किया; कहा है, वे ही एक स्थान पर, नारी को उसी प्रकार वर्जनीय बताते हैं जैसे श्मशान में पड़ा हुआ कुसुम, कोई भी विवेकी मनुष्य, उसके आकर्षण में नहीं पड़ सकता, और यदि पड़ता है तो एक न एक दिन उसका दुष्परिणाम अवश्य भोगेगा। किन्तु, नारी की यह आलोचना एकपक्षीय है। स्त्री मानवी है देवी नहीं, इसी से उसमें भी मानव की ही भाँति दोष-गुणों का समावेश स्वाभाविक है। 'नार्यः श्मशान कुसुमा इव वर्जनीया' कहना उचित प्रतीत नहीं होता। वास्तव में, नारी में ही सौन्दर्य प्रतिफलित होता है, किन्तु नारी को 'सकल सुख सीमा सुवदना' कहने का अर्थ केवल यह नहीं है कि उसका मुख सुन्दर है, उसका अर्थ है ऐसा मुख, जिससे कल्याणमयी वाणी मुखरित हो। रूप के साथ-साथ, विनय, शील तथा लज्जा का संयोग हो, तब ही वह सौन्दर्य वरदान है अन्यथा 'भार्यारूपवती शत्रुः' बन जाती है।

हमारी संस्कृति ने, सदैव उसी सौन्दर्य को मान्यता दी है, जिसके सुवर्ण में, शील और विनय का सोहागा मिश्रित रहे। हमारी इस संस्कृति ने, आज तक कभी नारी-सौन्दर्य को, इंच-टेप से नापकर उसे सर्वश्रेष्ठ सुन्दरी का ताज नहीं पहनाया। 'मधु तिष्ठति जिह्वाग्रे, हृदयेतु हलाहलम्'। यदि किसी सुन्दरी के जिह्वाग्र में मधु और हृदय में हलाहल है तो उसका सौन्दर्य अभिशाप है, वरदान नहीं। नारी की सृष्टि केवल विलास के लिए ही नहीं हुई। वह वन्दनीया है, उसका यह स्वरूप अखंडित रहे इसके लिए यह आवश्यक नहीं है कि वह अपने सौन्दर्य का प्रदर्शन करे। सौन्दर्य प्रदर्शित नहीं किया जाता, सूर्य की प्रखर किरणों की भाँति वह स्वयं प्रदर्शित होता है। वैसे भी, किसी भी प्रदर्शन के पीछे, एक न एक मानवीय दुर्बल पक्ष अवश्य रहता है। जो स्वयं में सम्पूर्ण है, सबल है, सार्थक है उसे किसी भी प्रकार की मान्यता या पुरस्कार की आकांक्षा नहीं रहती। ऐसी सौन्दर्य-प्रतियोगिताएँ, पाश्चात्य परिवेश से ही मेल खाती हैं। भारतीय नारी का जो परम वन्दनीय स्वरूप रहा है, उसे ऐसे प्रदर्शन कभी विकृत भी कर सकते हैं। नारी की गरिमामयी तटस्थता ही उसके सौन्दर्य को द्विगुणित करती है, उसका प्रदर्शन नहीं। उसके लिए तो यह विदेशी उक्ति ही उचित लगती है—'संसार का सबसे सुगन्धवाला पुष्प वह है, जिसकी सुगन्ध किसी को नहीं मिलती।'

चौबीस

कुमाऊँ का बोझा ढोनेवाला कुली 'दोय्याल' मुझे सर्वदा ही कर्मठ जीवन का एक जीवन्त प्रतीक लगता है। शरीर पर ह्स्वतम वस्त्र, पीठ पर ढाईमन का बोझा और हाथों में मशीनी तत्परता से गिने जा रहे, रंगबिरंगी गुलूबंद की इन्द्रधनुषी छटा! चिकने-चुपड़े चेहरे पर झुँझलाहट की एक भी रेखा नहीं, दगदगाते स्वास्थ्य का जीवन्त विज्ञापन बना, वह गंतव्य स्थान पर एक बोझा पहुँचाते ही, फिर दूसरे पर्यटक के सम्मुख खड़ा, उसी ताजी मुस्कान के साथ पूछता है—'कुली होगा साब?' खाना बनाने का अवकाश उसे कम ही जुट पाता है, प्रायः गुड़ की एक पूरी भेली ही, उसका लंच और डिनर बनती है। दिन-भर की कमरतोड़ कमाई का पूरा बैंकबैलेंस उसके नाड़े में बँधे, डोरियों से सरकनेवाले चीकट बटुए में लटकता है। वही उसका लाकर भी बनता है। कान में मूँदड़े, हाथ का कड़ा, चाँदी की अँगूठी कई बार, रेजगारी लौटने के लेनदेन के बीच, उस बटुए के साथ-साथ, उनकी हथेली पर सरकते मैं देख चुकी हूँ। आश्चर्य होता है कि सीजन में नैनीताल घूमने आए लक्षाधिपति पर्यटकों की बहुमूल्य वस्त्राभूषणों से भरे, स्टील के विराट बक्सों से लदे वे ईमानदार दरिद्र कन्धे, आज तक कभी अपनी ईमानदारी के पथ से डिगे नहीं। मैं प्रायः ही देखती थी कि भारी बोझा लदे होने पर भी, दोय्याल, स्वेच्छा से ही कभी-कभी एक आध भारी पत्थर बोझे के साथ स्वयं बाँध लेता है और थोड़ी दूर जाने पर, उसे निकाल फिर स्वयं फेंक देता है। चढ़ाई भी, वह कभी नाक की सीध में चलकर, पार नहीं करता, हमेशा आड़ी-तिरछी डगें भरता, धीर मन्थर गति से, अपने लक्ष्य की ओर, चुम्बक-सा खिंचा चला जाता है। मैंने एक दिन, एक भेंट में पूछ दिया, तो उसने मुझे इमर्सन की-सी, बौद्धिक उक्ति से स्तब्ध कर दिया।

"सीधा-सीधा चलने से, चढ़ाई हिम्मत तोड़ देता है मेमसाब, इधर-उधर घूमघाम करने से, चढ़ाई हल्का लगता, इसी से हम भारी पत्थर भी बाँधता है। थोड़ी दूर जाकर साला फेंक दिया तो पीठ का बोझा फिर बोझा नहीं लगता।" उसकी उजली मुस्कान में, घुलमिल गया उसका वह निष्कपट निवेदन, मुझे जीवन का एक महत्त्वपूर्ण पाठ पढ़ा गया। जीवन के दुर्वह बोझ, सचमुच उसी क्षण स्वयं हल्के लगते हैं जिस क्षण हम स्वेच्छा से ही उन्हें और दुर्वह बनाने बाँधा गया पत्थर, उठाकर दूर फेंक देते हैं। बोझ की

गरिमा, उसे और भारी बनाकर ही हल्की बनती है, उसे हल्का बनाकर नहीं! एक अपढ़ सरल, दरिद्र कुली की यह कैसी अनोखी सूझ थी! उसके अद्‌भुत अनुसन्धानी मस्तिष्क की एक दूसरी सूझ का परिचय, हमें तब मिला जब हम एक बार ऐसे ही एक पहाड़ी शेरपा की पीठ पर अपना सामान लाद रामगढ़ की ओर घूमने गए। मार्ग में डाक बँगले में, हमारा रात्रि का पड़ाव था, पास ही में उसने भी तीन पत्थर टिका, अपना अस्थायी चूल्हा बनाया। दुकान से माँगी गई बड़ी-सी परात में एक किलो आटा सान, उसने तीन-चार टिक्कड़ सेंके, फिर भागा, पहाड़ी नदी की ओर! हम बड़े कौतूहल से उसे देख रहे थे, क्या पता शायद मछली पकड़ने गया हो! जब लौटा तो हस्तसम्पुट में दस-बारह गोल-चीकने जलस्नात पत्थर थे और ओठों पर थी परमहंसी मुस्कान!

''दाई, रोटी कैसे खाएगा, सब्जी तो बनाई नहीं?'' हमने पूछा।

''बनाएगा, बनाएगा, लाया तो है यह!'' उसने पत्थर दिखा दिए।

हम उसे आश्चर्य से देखने लगे—क्या अन्त तक पत्थर चबाएगा अभागा!

पर, उसने उसी क्षण, अपनी चमत्कारी कार्यपटुता से हमें गूँगा बना दिया।

कड़ाही रक्खी, तेल डाला, मिर्च, जीरा, हल्दी का छौंक दिया, और उन पत्थरों को ऐसे मनोयोग से भूनने लगा जैसे पौम्फ्रेट मछली हो।

थोड़ी देर में पत्थरों को चीमटे से निकाल-निकाल उसने दूर फेंक दिया और परम तृप्ति से, उस शोरबे में अपनी तन्दूरी टिक्कड़े डुबो-डुबोकर खाने लगा।

''ये पत्थर, 'गाड़' (नदी) में मछलियों के साथ रहकर मछली बन जाता है हजोर! एकदम वही स्वाद, वही खसबो—सूँघो जरा'' उस शोरबे की, मौलिक मरीचिका को हमने भी सूँघा, तो यही लगा कि बंगाल की मागुर मछली का झोल सूँघ रहे हैं! वही खुशबू और वही तरी! 'दोय्याल' की तीसरी दिमागी सूझ, स्वयं अपने में एक मिसाल है, जिसका परिचय वह देता है कुमाऊँ की माछी विभावरी से जूझने में। यह, वह ठंड है जब ताल की मछलियाँ ठिठुर कर निष्प्राण, नीली झील की सतह पर तैर आती हैं। जब टेलीफोन और बिजली के तारों पर ठिठुरी चिरैयों की कतार, फटाफट नीचे गिरने लगती हैं, तब ही दिन-भर के परिश्रम के पश्चात् इन कुलियों की पूरी बिरादरी, फ्लैट

के आसपास, अवकाश के कुछ रंगीन क्षण बिताने आ जुटती है। गोल बनाकर, नाच-नाच वे गाते हैं—

'न्यौला न्यौला न्यौला
सोलह आना भर कमाया,'

उन क्लांत चरणों का छन्दमय विन्यास, स्वरलहरी की वह अनुपम मीठी गूँज सुन, कौन कह सकता है कि इन चरणों ने, मीलों का कठिन अन्तराल पार किया है। केवल सोलह आने कमाकर ही, सरल जीवन का चरम बिन्दु पाने का उल्लास, उनके नृत्यगीत में प्रतिफल मुखरित हो उठता है। जब सोने लगते हैं, तो ओढ़ने को रहती है, केवल सम्मिलित बोरों की एक लम्बी कथरी! सब, कटे सैनिक-से फौजी मुद्रा में एक कतार में पटापट गिरते चले जाते हैं, फिर, वहाँ भी उनका 'मेट' या सरदार उन्हें वह कथरी उढ़ा स्वयं उस सुप्त बिरादरी में अपना स्थान ग्रहण करता है। जब करवट बदलनी होती है, तो फिर 'मेट' का अनुशासन उसके रोबदार आदेश में, गरजता है—'कोल्दे-कोल्दे-कोल्दे' अर्थात् 'करवट बदलो, करवट बदलो' और गहरी नींद में भी, किसी फौजी टुकड़ी की तत्परता से ही, वह सुदीर्घ सम्मिलित करवट, ऐसे बदल दी जाती है कि ओढ़ी गई कथरी पर, एक सिलवट भी नहीं उभरती। यह नहीं कि एक ने रजाई खींची तो दूसरी पीठ नंगी हो गई।

आज हमारे इस स्वार्थी अनुशासनहीन जीवन में भी यदि किसी ऐसे ही कर्मठ मेट की कंठ-गर्जना, 'कोल्दे कोल्दे कोल्दे' के प्राण फूँक सकती तो शायद चिरदरिद्र बोरे की कथरी में भी मखमली रजाई की उष्णता आ जाती, जीवन की तीखी चढ़ाई भी हमें उतनी भारात्मक नहीं लगती और क्षीण कलेवरा नदी के चीकने पत्थरों में मछली के शोरबे का आनन्द लेना हम सीख लेते!

पच्चीस

भारत, निश्चय ही चमत्कारों का देश है। यहाँ कभी-कभी ऐसे चमत्कार देखने को मिलते हैं जिनके विषय में सुनने पर, किसी भी सुशिक्षित व्यक्ति को सहज में विश्वास नहीं होता, किन्तु जब कभी स्वयं उन चमत्कारों को देखने का सुअवसर प्राप्त होता है, तो लगता है हमारे चिरदरिद्र देश की फटी गुदड़ी में,

आज भी एक नहीं, अनेक ऐसे लाल छिदे हैं, जिन्हें निश्चय ही कोई देवदत्त प्रतिभा का वरदान प्राप्त है।

चिकित्सा का क्षेत्र आज विशेषज्ञों का क्षेत्र है, हृदय-विशेषज्ञ, कर्ण-विशेषज्ञ, दंत-विशेषज्ञ, नेत्र-विशेषज्ञ—जिस विशेषज्ञ की फीस जितनी ऊँची है, क्लिनिक की सजधज जितनी ऊँची है, उसकी उतनी ही ख्याति है और उतना ही सीमित है उसका समय! जिस रोगी को उनसे साक्षात्कार की सुविधा प्राप्त होती है, वह निश्चय ही भाग्यशाली है। चरक ने रोगी-परीक्षा का विधान, तीन वर्गों में विभक्त किया है, आप्तोपदेश, प्रत्यक्ष तथा अनुमान। आज विज्ञान ने, चिकित्सकों के लिए ऐसे-ऐसे यन्त्र उपलब्ध करा दिए हैं कि प्रत्यक्ष रोगी-परीक्षा में भी, वे रोग को हथेली पर चल रहे जूँ-सा चट पकड़ सकते हैं, किन्तु भारतीय चिकित्सकों की प्रसिद्धि, सदैव रोगी के स्वर और आकृति को देखकर ही रोग पकड़ने में रही है। चीनी यात्री 'ईत्सिंग' ने भी जो (672-80) भारत में आया था, अपने यात्रा-विवरण में भारतीय चिकित्सकों की इसी विशेषता का उल्लेख किया है। आज चीन की जिस चिकित्सा 'ऐक्यूपन्क्चर' की इतनी ख्याति है, उससे भी भारत अनभिज्ञ नहीं था, वाग्भट ने 'सूचीकूर्च' नामक जिस शस्त्र का उल्लेख किया है, वह सम्भवतः यही 'ऐक्यूपन्क्चर' था। चरक में ही विष की चिकित्सा का चौबीस प्रकार से किए जाने का उल्लेख है, उनमें मन्त्र का प्रमुख स्थान था। मन्त्रसिद्धि आज भी दुर्लभ नहीं है। मैंने स्वयं, शान्तिनिकेतन में, आश्रम के मरणासन्न माली को, विष उतरने पर आँखें मलकर उठते देखा है, किन्तु अब शायद ही कोई भी पढ़ा-लिखा सर्पदंश से पीड़ित रोगी को झाड़-फूँक के सहारे छोड़ पाएगा। कभी चरक, वाग्भट जैसे मनीषियों ने भी इस शक्ति को मान्यता दी थी। सर्पों की जाति, आयु, उत्पत्ति-विकास आदि का विस्तारपूर्ण वर्णन ही नहीं किया गया, उनके रूप, आकृति एवं स्वभाव के अनुसार, उन्हें ब्राह्मण, क्षत्रिय, वैश्य, शूद्र के चार वर्गों में रखा गया है, यही नहीं, किन-किन क्षेत्रों में साँप के काटने पर, रोगी की मृत्यु निश्चित है, इसका भी वर्णन है। दन्तपीड़ा को चुटकियों में ही शान्त कर देनेवाले एक विलक्षण चिकित्सक ने, बचपन में मुझे भी चुटकियों में उस यन्त्रणा से मुक्ति दिलाई थी। अपनी उस चिकित्सा के लिए, जिसे कुमाउँनी भाषा में 'भेद' कहते हैं, उनकी प्रसिद्धि दूर-दूर तक थी। मैं पीड़ा से बिलबिला रही थी और नौकर के साथ मुझे उन्हीं के पास भेज दिया गया था। अपने उस उपचार के लिए, वे एक पाई भी ग्रहण नहीं करते थे। बिना कुछ खाए-पिए, नहा-धोकर ही उनके

पास जाना होता था। दीर्घ देह, गम्भीर चेहरा, चाणक्य की-सी शिखा, और रोली-चन्दन का त्रिपुंड। "इधर आ लड़की बैठ" उन्होंने कहा और मैं बैठ गई। सहसा उन्होंने आँखें बन्द कीं, ओठों ही ओठों में जाने कौन-सा मन्त्र बुदबुदाया, और मेरी पीठ में, वो धौल जमाया कि लगा आँतें ही निकल आई हैं। फिर कान में एक मन्त्रपूत काला डोरा बाँधा, और हाथ से ही इशारा किया कि भाग जा। उनकी क्रुद्ध मुद्रा देखकर लगा कि वह धौल मुझे नहीं मेरे दाँत के दर्द को लगा है और वह सिट्टी-पिट्टी भूल, मुझसे भी पहले बगटुट भागा जा रहा है।

ऐसा ही अनुभव, सात वर्ष पूर्व इलाहाबाद में हुआ, जब एक रिक्शा-दुर्घटना में हाथ की अँगुली टूटकर लटक गई। सबसे बड़े अस्थि-विशेषज्ञ ने हड्डी जोड़ी, किन्तु पलस्तर खुला तो अँगुली टेढ़ी ही रह गई। दुख भी हुआ, कि भली-खासी अँगुली अब केवल घी निकालने के ही काम की रह गई थी। किसी ने सुझाया, कहीं एक ग्वाला रहता है जगन्नाथ, हड्डी का मसीहा, कैसी ही टूटी हड्डी क्यों न हो, जोड़कर बिठा देता है। मैं भी उसे ढूँढ़ती-ढूँढ़ती पहुँची तो देखा भीड़ लगी है। एक धोती लपेटे, नंगे बदन जगन्नाथ हाथ की लाठी सामने धरे, अपने मवेशियों से घिरा मरीज देख रहा था। उसने मेरी अँगुली देखी फिर बड़ी अवज्ञा से मुस्कराया—"पहिले आप पढ़े-लिखे लोग डाक्टरों से सीमेंट बँधवाते हैं, जब चीज बिगड़ जाती तब यहाँ आते हैं, खैर देखता हूँ।" उसने तेल मला फिर इससे पूर्व कि मैं कुछ कहती, वह तखत पर मेरी अँगुली धर, उस पर स्वयं खड़ा हो गया। वह प्रक्रिया चिकित्सक एवं रोगी दोनों के लिए कष्टकर थी किन्तु मेरी अँगुली में न फिर वह दर्द रहा न वह ऐंठन। इसका ताजा अनुभव हुआ अभी कोई आठ-दस दिन पूर्व। पैर में भयानक मोच ने, उठना-बैठना दूभर कर दिया था, किसी ने एक मोबाइल चिकित्सक का पता बताया जो दिन-भर लखनऊ की अली-गलियों में शीशा, कंघा-तेल और साबुन की फेरी लगाता है और साथ-साथ अपनी इस चमत्कारी विद्या से नित्य अनेक रोगियों को यन्त्रणामुक्त करता है। पहले मुझे साहस नहीं हुआ क्योंकि चिकित्सा विज्ञान, मोच में किसी भी प्रकार की मालिश या सेंक की अनुमति नहीं देता पर जब पीड़ा असह्य हो उठी तो मैंने साहस सँजोया। पर उसे ढूँढ़ना क्या सहज था? कभी जियामऊ तो कभी अर्जुनगंज, कभी चौक तो कभी हुसैनगंज। बड़ी कठिनता से उसे ढूँढ़ा—सीधा-सरल व्यक्ति, साइकिल पर बँधा जंग-लगा टीन का बक्सा, उसमें क्लिप और शीशा,

कंघा। मेरा पैर हाथ में लेते ही उसने मेरी वह दुखती रग एकदम कैसे ठीक पहचान ली, यह मेरे लिए आज भी एक रहस्य है। उसने अँगुलियाँ खींच टड़क-टड़क मंजीरे-सी बजा दीं, तेल मल पैर को विभिन्न कोणों में ऐसा मोड़ा-मरोड़ा कि पल-भर को अदृश्य वैशाखी की कल्पना मुझे सहमा गई। फिर ऐरंड के पत्तों को बाँध उसने पट्टी कसी तो लगा कहीं दर्द है ही नहीं। "दूसरे दिन आपका दर्द थोड़ा आगे खिसक आएगा और पैर फूलेगा, घबड़ाइएगा नहीं।" कह वह हाथ जोड़ चला गया। सचमुच ही पैर भी फूला और दर्द भी खिसका। यही नहीं, आते ही उसने उस खिसकी स्थिति को भी अँगूठे से दबाकर पूछा—"अब दरद यहाँ खिसक आया होगा, क्यों मेम साब?" लग रहा था, रँगे हाथों पकड़े गए किसी चोर की भाँति सहमा-डरा दर्द खिसकता-रेंगता बाहर भागने का मार्ग ढूँढ़ने लगा था। चार-पाँच ही दिन में मुझे उस प्राणांतक यन्त्रणा से मुक्ति मिल गई। जब कल उसे कुछ देने की चेष्टा की तो उसने अपने दोनों हाथ सिर में लगाकर कहा—"नहीं सरकार, मैं किसी से भी कुछ नहीं लेता, अल्लाह ने मुझे बहुत कुछ दिया है।" मेरी दृष्टि उसकी विवर्ण वेश-भूषा पर गई, साइकिल पर बँधा जंग-लगा बक्सा, मलिन वस्त्र किन्तु आँखों में सन्तोष की दिव्य दीप्ति और चेहरे पर निःस्वार्थ सेवा की अनोखी दमक।

सन् 47 से कयूम, अपनी बिसाती फेरी के साथ यह दूसरी फेरी कर रहा है, दुखती रगों, उखड़ी हड्डियों और मोच खाए टखनों को यन्त्रणामुक्त करने की फेरी। काश हमारे इस युग के अर्थलोलुप चिकित्सा-विशेषज्ञ भी सरल-सन्तोषी कयूम की भाँति माथे से हाथ लगाकर कह पाते—"नहीं, हम कुछ नहीं लेंगे, अल्लाह ने हमें बहुत कुछ दिया है।"

छब्बीस

भारतीय संस्कृति की विशिष्टता उसकी सहिष्णुता में निहित है, किन्तु अब साधारण जन-जीवन में, इस महान विशेषता को देखने का सौभाग्य, यदा-कदा ही प्राप्त होता है। शक्ति के साथ क्षमा, पद के साथ विनय एवं परदुःख- कातरता अब हमारे लिए आकाशकुसुम चयन मात्र है। कुर्सी से नीचे उतरते ही, चाहे वह कितनी ही ऊँची कुर्सी क्यों न हो, कुर्सी पर आज

तक आसीन पदाधिकारी अपने सम्मुख फैले समस्याओं के एक ऐसे अन्तहीन क्षितिज को देखता है, जिसकी सम्भावना ने भी कभी उसे उसके सेवाकाल में त्रस्त नहीं किया था। संसार में आए प्रत्येक जानेवाले की ही भाँति, उसे यह मृत्युबोध भी, शायद तब ही चौंकाता है, जब जाने की घड़ी आती है। एक न एक दिन, उसे भी पद से अवकाश ग्रहण करना होगा, इस कटु सत्य को अबोध मानव जानबूझकर भी ग्रहण नहीं करता! ठीक भी तो है, क्यों वह भविष्य को लेकर, व्यर्थ ही में अपने सुनहले वर्तमान को भी नष्ट करे! किन्तु जीवन के अवकाश की भाँति, पद का अवकाश चिरशान्ति नहीं देता, देता है चिर अशान्ति। इसी से, आज हम उन, तत्त्वदर्शी वानप्रस्थियों के विषय में सोच भी नहीं सकते, जो आनेवाली पीढ़ी के लिए, स्वेच्छा से स्थान रिक्त कर, निःस्वार्थ भाव से सामाजिक अभ्युदय में यह कहकर जुट जाते थे–

पुत्रैषणा, वित्तैषणा, लोकैषणा या
परित्यक्ता मत्तः सर्वेभ्योऽभयमस्तु
स्वाहा–

आज, मैंने पुत्रविषयक, धनविषयक एवं यशविषयक कामनाओं का सर्वथा परित्याग किया। प्रत्येक मनुष्य को, चाहे वह कितना ही निस्पृह क्यों न हो, अपने पद की पूर्व कीर्ति के प्रति, एक अनोखी ममता रहती है, यह उसका सहज स्वभाव है। इसी से, कुर्सी जितनी ही ऊँची रही होगी, उससे नीचे गिरने का आघात भी उतना ही गुरुतर होगा एवं कभी चोट न खाया चित्त भी, उतना ही अधिक स्पर्शकातर भी होगा! पद का अवकाश भी, अतीत के स्मृतिस्तम्भ को, अंगद के पाँव की भाँति अड़ा देता है। बहुत कम ही ऐसी रस्सियाँ होती होंगी, जिनकी ऐंठ भी, उनके साथ-साथ जल पाती होगी। किन्तु, आनेवाली पीढ़ी की सहिष्णुता, नम्रता, परदुःख-कातरता चाहने पर, जानेवाली पीढ़ी की इन छोटे-मोटे आघातों की व्यथा को, बहुत कुछ कम कर सकती है। कुछ समय पूर्व, सद्यःअवकाश ग्रहण कर आए, पति के एक मित्र से बातें हो रही थीं कि उन्होंने कुछ व्यथित स्वर में ही कहा था–"हम कितने ही बड़े अफसर क्यों न हों, अवकाश प्राप्त करते ही हमारी सरकार हमें दूध की मक्खी-सा दूर फेंक देती है..." उनका व्यथित होना स्वाभाविक था। कुछ माह पूर्व तक वे पुलिस विभाग के एक वरिष्ठतम अफसर थे। जिनके आवागमन के साथ-साथ कभी द्वार पर खड़ी गारद की संगीनें पटापट उठती-गिरती थीं,

एड़ियों के बूटों की चटाचट उन्हें सलामी देती थी, वे जब आज 'त्यजो बाप को राज बटोही की नाईं' कर वानप्रस्थी बने तो कोई भी उन्हें देखने-पूछनेवाला नहीं रहा।

दो दिन पूर्व का, एक निजी कटु अनुभव, आज मुझे भी उस मित्र की स्पष्टोक्ति का आन्तरिक समर्थन करा रहा है। पति की पेंशन पाने के लिए, मेरा एक बार ट्रेजरी जाना अनिवार्य हो उठा था। सोच रही थी, 'पेंशन पेपर्स' में संलग्न, अपने चित्र से साक्षात्कार कर शायद मुझे उसमें वर्णित अपने हाथ के घाव का भी सीजर के घाव-सा प्रदर्शन करना होगा। किन्तु वहाँ जाकर, उस घाव के प्रदर्शन का तो प्रश्न ही नहीं उठा, लौटी तो एक नया ही घाव हृदय में रिसने लगा था! मेरे साथ, मेरे एक अवकाश-प्राप्त आत्मीय थे। कुछ माह पूर्व वे प्रदेश के एक उच्चपदस्थ अधिकारी थे। उनके सेवाकाल में, मेरे पास, अनेक सिफारिशाकांक्षियों की भ्रमरावलि, गुनगुनाती रहती थी, कि मैं उन तक, उनकी सिफारिश पहुँचा दूँ! कोषाधिकारी के कमरे में पहुँचते ही ज्ञात हुआ वे किसी मीटिंग में गए हैं। दूसरी मेज पर एक अन्य अधिकारी थे, उन्होंने हमें बड़ी अकड़ से ऐसी तुच्छ दृष्टि से देखा जैसे हम अधमाधम मर्त्य लोकवासी, साक्षात् कुबेर के कक्ष में, बड़े दुःसाहस से घुस आए हों! उनकी अकड़ अपूर्व थी। दम्भ ऐसा जैसे साक्षात् वरुण का सुवर्ण वृष्टि करनेवाला अदृश्य छत्र उनकी मेज पर गड़ा हो, और मृत्यु की उत्क्रांतिदा शक्ति उनकी मुट्ठी में बन्द हो—एक बार जी में आया, पति की पेंशन उन्हीं को अर्पित कर उल्टे पैरों लौट जाऊँ...

"कहिए?" एक सधी अफसरी मुद्रा में वे कुर्सी पर सतर हो गए।

"इनके 'पेंशनपेपर' हैं", मेरे साथ आए मेरे आत्मीय ने नम्र स्वर में निवेदन किया।

"तो?" उनका स्वर, कोमल धैवत से तीव्र धैवत पर गया।

मेरा कागज बिना देखे ही उन्होंने दोनों हाथ चिबुक से सटाकर कहा—"आप तीन बजे तक भी बैठें, तब भी यह काम नहीं होगा, जिनसे आपको मिलना है, वे मीटिंग में हैं।" उनके, इस ओजपूर्ण मधुर श्रवणामृत का पान कर हम चुप हो गए, अब उनसे कुछ कहने-सुनने की गुंजाइश ही नहीं रही थी। मेरे आत्मीय, इसी से फोन करने चल गए किन्तु पाँच माह पूर्व जो प्रदेश का एक वरिष्ठतम अधिकारी था, उसे उस सरकारी दफ्तर से फोन करने की अनुमति नहीं मिली। जो स्वभाव से ही नम्र एवं शालीन होता है,

वह कभी अपने पूर्व पद का ओछा परिचय नहीं देता, उसका परिचय देता है, स्वयं उसका व्यक्तित्व एवं सरल व्यवहार। उन्होंने भी अपना ऐसा ही परिचय दिया था, किन्तु हमारा 'स्वतन्त्र समाजवादी' देश, ऐसे परिचय को अब मान्यता नहीं देता। थोड़ी देर में वे निराश होकर लौट आए और हमने कहने लगे—"तुम लोग बैठो, मैं डिरेक्टर को जानता हूँ—कहीं से उन्हें फोन करूँगा।"

सुनते ही कमरे से तनाव का बादल क्षण-भर को छिटक गया।

"आपने हमारा नाम क्यों नहीं लिया...सब फोन करने देते..." कुर्सी पर बैठे सज्जन ने 'तीसरी कसम' के उस पहलवान अभिनेता की मुद्रा में कहा, जो बिना टिकट के ही नौटंकी का दर्शक बन बाँहों की मछलियाँ फुला, अपने मित्रों से हँसकर कहता है—'देखो हमारा पावर!' "आपका शुभ नाम तो हमें पता नहीं था।" शायद मेरे स्वर का व्यंग्य, उन्हें अप्रसन्न कर गया।

"क्यों आपने हमारी नेमप्लेट नहीं देखी?" "नहीं", मेरा स्वर भी इस बार नम्र नहीं था—उन्होंने जिस दृष्टि से मुझे देखा, उसमें यदि जलाने की शक्ति होती तो मैं उसी क्षण भस्म हो जाती—इसके पश्चात् बड़ी देर तक मुझे अपने उन्हीं आत्मीय की पत्नी के साथ उस कमरे में बैठना पड़ा—इस बीच पेंशनार्थी भीड़ का एक रेले का रेला भी भीतर घुस आया, लाठी टेकते, थरथराते वृद्ध, पौत्र के कन्धे पर हाथ धरे, घन तिमिरावरुद्ध नयना वृद्धा, झुके क्लांत कन्धे, उदास आँखें, देख सिद्धार्थ के-से वैराग्य ने, चित्त को विरक्त कर दिया। सहसा, कमरा खाली हो गया और एक बार फिर उस झल्लाए अधिकारी की गर्जना हमें चौंका गई। पहले मैं समझ नहीं पाई कि चाँदमारी की बोरी में ही हूँ।

"आप लोग यहाँ क्यों बैठी हैं? यहाँ बैठने से कुछ नहीं होगा!"

"आपको हमारे यहाँ बैठने में कोई ऐतराज है?" मैंने स्वर को यथासम्भव नम्र बनाकर पूछा, जब कि शरीर का सारा रक्त कनपटियों पर पछाड़ें ले रहा था। रक्तचाप लिया जाता तो निश्चय ही दो सौ नब्बे निकलता।

"और क्या, यह क्या कोई धर्मशाला है?" वह इस बार बुरी तरह उत्तेजित होकर अँगुलियों से मेज पर त्रिताल के-से टुकड़े निकालने लगे थे। विपक्षी के क्रोध की उत्तुंग तरंगों को मैंने अपने मौनव्रत से झेल लिया। कुछ कहने की न मुझमें शक्ति ही रह गई थी न इच्छा।

महीनों से सरकारी लालफीते का विष मेरी नस-नस में लहरें लेता, मुझे लगभग निष्प्राण कर चुका था, इसी से उनके अभद्र आदेश की, सर्वथा अवहेलना कर, मैंने मुँह फेर लिया। इस बीच, मेरे पेंशन के कागजों पर, मेरे नाम और चित्र को पहचान, मेरी लेखनी का एक अज्ञात प्रशंसक, मुझे ढूँढ़ता आ गया। उस तरुण, नम्र मिष्टभाषी कर्मचारी ने तत्काल मेरा काम कर दिया।

"मैंने आपकी एक-एक पुस्तक पढ़ी है, जब भी मेरे योग्य कोई सेवा हो, निःसंकोच कहें," उस हँसमुख, बुद्धि-प्रदीप्त चेहरेवाले उस शिष्ट कर्मचारी के प्रति, कृतज्ञता का आभार प्रदर्शन कर मैं लौटी तो चित्त अकारण ही, अपनी उस लेखनी के प्रति भी कृतज्ञता से दुहरा हो गया, जिसकी अकर्मण्यता पर अनेक बार झुँझलाई हूँ, जिसके शैथिल्य ने कई अवसरों पर क्षुब्ध किया है किन्तु फिर भी जो दुर्दिन के कठिन क्षणों में सहसा किसी वात्सल्यमयी सहचरी की भाँति बाँह थामकर कानों के पास आकर कह जाती है—'तुम्हारे साथ मैं हूँ—तुम्हारे साथ मैं हूँ।'

सत्ताईस

मौर्य युग को भारतीय कला का स्वर्णयुग कहा जाता है। उस युग के वैभवपूर्ण सम्राटों को, एक से एक उत्तुंग सौध बनवाने में, किसी प्रकार की बाधा नहीं थी। एक उद्धरण के अनुसार, चुनार की पहाड़ियों को काटकर, बलुआ पत्थर की विशाल चट्टानों को पाटलिपुत्र लाया गया और राजकीय शिरोभाग एवं स्तम्भ बनाए गए। अशोक ने इन कार्यों के लिए, पर्याप्त यातायात और यन्त्रविद्या के विकास की भी पूरी चेष्टा की। वैभवपूर्ण सम्राटों से, आज के भारत की धरणी भी शून्य नहीं हुई है। कालिदास ने 'मेघदूत' में उज्जयिनी एवं अलका के जिन प्रासादों का अद्‌भुत वर्णन किया है—

वक्रः पन्था यदपि भवतः
प्रस्थितस्योत्रराशां
सौधीत्संग प्रणयविमुखो
मास्म भूरुज्जयिन्याः

ऐसे कैलाश शिखर-से उत्तुंग सौध आज भी भारत की किसी भी महानगरी में, विरही यक्ष की आँखों को बाँध सकते हैं। अन्तर केवल एक है, एक ओर हैं ऊँची-ऊँची अट्टालिकाएँ, दूसरी ओर जो चिथड़ों से, अर्धनग्न शरीर की लज्जा ढाँप सिर पर गारे का तसला साधे जिस नवीन उज्जयिनी के स्काईस्क्रेपर के निर्माण-कार्य में जुटे हैं, उनकी छत है, नक्षत्र-खचित गगनमंडल! हमारे देश के समाजवाद की परिभाषा, नितान्त मौलिक है। किपलिंग के युग से, यहाँ महल एवं दरिद्रता साथ-साथ सोये रहते हैं। किपलिंग के युग से, आज एक सामान्य-सा परिवर्तन दृष्टिगोचर होता है, आज की जनता, पहले से कहीं अधिक प्रबुद्ध है। भ्रष्टाचार-उन्मूलन पर से विलम्बित लय में दिए गए नेताओं के भाषण भी, अब उसे मूर्ख नहीं बना सकते। वह जानती है कि आज के वरिष्ठ अफसर भी भारत के विगत सम्राटों की भाँति अपने शासनकाल में ही भवन-निर्माण की महत्ता को खूब समझते हैं। जब घोड़े की लगाम हाथ में रहती है, तब ही उसका मुँह इच्छित दिशा को मोड़ा जा सकता है। एक से एक असाधारण बुद्धि के इंजीनियरों का साहाय्य भी, उन्हें अपने ही शासनकाल में प्राप्त हो सकता है, तब ही उनका उच्च पद उन्हें यातायात, सीमेन्ट, लोहा, लकड़ी, अलादीन के चिराग की ही भाँति सहज में उपलब्ध करा सकता है। देखते ही देखते, उनकी चतुर सम्राज्ञियों की देखरेख में, उत्तुंग सौध तैयार होकर, मुँहमाँगे किराये पर उठ जाता है और वे स्वयं सरकारी आवासों में सुख-चैन की नींद सो सकते हैं। ऐसे में, भला वानप्रस्थ की आकांक्षा ही किसे हो सकती है? उनके लिए तो 'तृष्णा न जरायते'—तृष्णा कभी बूढ़ी नहीं होती। जिसके पैरों में बिवाई कभी हुई ही न हो वह क्या उस पीड़ा की कल्पना भी कर सकता है। वानप्रस्थावस्था का दुख उसे सहमाता है, जिसकी छत है नक्षत्र-खचित व्योममंडल। कोई भी ईमानदार व्यक्ति महँगाई के इस युग में भवन निर्माण के आकाश-कुसुम चयन नहीं कर सकता। यह हमारा दुर्भाग्य है कि आज हम न्याय-अन्याय को पहचानने लगे हैं, अपने देश के समाजवाद के खोखलेपन को अब हम खूब परख चुके हैं, किसी को पत्थर की ईंट भी नसीब नहीं और कोई दोनों हाथों से सोने की ईंटें उलीच रहा है। किन्तु एक प्रश्न विचारणीय है। संमृद्ध वर्ग को इतनी सुविधाएँ प्राप्त होने पर भी क्या उनकी भवन-निर्माण कला अपनी सर्वोत्कृष्टता की चरम पराकाष्ठा तक पहुँच पाई है? अतीत की वह परिपक्वता, अभिव्यक्ति की वह सहज स्वाभाविकता आज की वास्तुकला में प्रस्फुटित क्यों नहीं हो पाती? इसका एक कारण यह भी हो सकता है कि

आज हम प्रत्येक क्षेत्र में अपने वैभव के सस्ते प्रदर्शन में विश्वास रखने लगे हैं। हम भूल गए हैं कि भारतीय कला का आत्मिक सौन्दर्य उसके बाह्य शारीरिक सौन्दर्य से कहीं अधिक महत्त्वपूर्ण है। मेरे एक परिचित मित्र ने, अपने बीभत्स विराट प्रासाद को दिखाकर, बड़े गर्व से मुझे बतलाया था कि उन्होंने चार सुप्रसिद्ध वास्तुकला विशेषज्ञों से उस कोठी का नक्शा बनवाया है। एक दूसरे उच्चपदस्थ रेलवे अफसर का सरकारी गाड़ियों में भरकर रंगीन फाटक, शीशम के तख्ते, शीशों का आयात भी मैं नित्य ही पहाड़ की दुर्गम सड़कों पर देखती रहती थी, फिर पलक झपकाते ही उस अरण्य में उनका महल खड़ा हो गया, मोटर रोड को भी, उनकी ऊँची नौकरी का रौब, कान पकड़कर, उन्हीं के द्वार तक खींच लाया, किन्तु मैं प्रभावित नहीं हो पाई। एक-डेढ़ लाख की लागत पर बना वह बँगला, मुझे नई मालगाड़ी के डिब्बों-सा ही लगा था। लिन युतांग के एक प्रसिद्ध निबन्ध-संकलन में एक बार पढ़ा था कि 'सर्वोत्कृष्ट स्थापत्यकला केवल वैभव ही नहीं माँगती, माँगती है रुचि'। इसका स्पष्ट प्रमाण मुझे कुछ वर्षों पूर्व अपनी एक मित्र के अनुपम आवास में मिला था। अल्मोड़ा के पास 'कलमिटिया' के एक सामान्य पहाड़ी मकान का कायाकल्प ही कर दिया था ली गौतमी ने। उनके पति लामा गोविन्दा अंगारिका भी, उन्हीं की भाँति एक ख्यातिप्राप्त कलाकार हैं। ली गौतमी शान्तिनिकेतन की प्राक्तन छात्रा हैं, कभी गुरुदेव की नाटिकाओं में बनी थीं कामदेव, किन्तु आज उनका परिधान जितना ही मौलिक है उतनी ही मौलिक है उनकी गृहसज्जा। दूसरा ऐसा ही कलात्मक आवास देखा था प्रसिद्ध विदेशी कलाकार ब्रूस्टर का। पहाड़ी थुल्मे और चटाइयों से ढकी दीवारें, उन पर उन्हीं के चित्रित भव्य चित्र, वाटिका में झूमते अनामा सुगन्ध बिखेरते पहाड़ी वन्य पुष्प और उनके बीच स्वयं उनका हास्योज्ज्वल व्यक्तित्व। जब तक शिल्पकला विवेक और सौन्दर्य से अनुप्राणित नहीं होती, वह कभी स्थायित्व को प्राप्त नहीं हो सकेगी।

अट्ठाईस

हमारी प्राचीन शिक्षा-पद्धति का उद्देश्य महान था। गुरु और शिष्य का पारस्परिक सम्बन्ध व्यक्तिगत था। शिष्य की मेधा ठोकपीट, परखकर, गुरु

उसे भावी जीवन के लिए ऐसा व्यावहारिक ज्ञान प्रदान करता था जिससे वह स्वयं अपने पैरों पर खड़ा हो सके। विद्यार्थी के कुछ विशेष कर्तव्य होते थे, जिनकी कठोर कर्मसूची का पालन करने में, विद्यार्थी स्वयं ही पग-पग पर बौद्धिक एवं आत्मिक रूप से परिष्कृत होता चला जाता था। आचार्य के गृह का वासी होना उसके लिए अनिवार्य था। पालन-पोषण के लिए उसे नित्य भिक्षान्न माँगकर जुटाना होता था, यहीं से उसके अहंकार पर, स्वयं ही विनय एवं नम्रता का अंकुश लग जाता था। दूसरा कर्तव्य था गुरु के गृह की अग्नि को निरन्तर प्रज्वलित रखना, स्वयं गुरु की सेवा, गुरु की गोशाला का भार ग्रहण करना। आदि। उसका विद्यार्थी-जीवन, उसे सामाजिक कर्तव्य एवं धार्मिक क्रियाओं के प्रति सजग बना देता था।

शिक्षा वेदाध्ययन से आरम्भ होती थी, तर्क, चिन्तन एवं मनन इस शिक्षा-प्रणाली के प्रमुख अंग थे। व्याकरण, शिक्षा, कला, छन्द, ज्योतिष, निरुक्त के अतिरिक्त गणित, नीति, ब्रह्म विद्या, धनुर्विद्या, नक्षत्र विद्या आदि अनेक प्रकार की विद्याओं का वर्णन मिलता है। शिक्षा का रूप अत्यन्त व्यापक था, विद्यार्थियों का वर्गीकरण भी, उनके मानसिक स्तर के अनुसार तीन वर्गों में किया जाता था, महाप्रज्ञ, मध्यप्रज्ञ एवं अल्पप्रज्ञ। ऐसा वर्गीकरण आधुनिक शिक्षा-प्रणाली में नहीं है ऐसी बात नहीं है, छात्रों की मेधापरख, उनके "आई क्यू" की नाप-तौल इस युग में भी प्रचलित है किन्तु उस वर्गीकरण एवं इस मनोवैज्ञानिक वर्गीकरण में धरती-आकाश का अन्तर है—ऐसा होना स्वाभाविक भी है क्योंकि प्राचीन शिक्षा-प्रणाली थी गुरु-प्रधान एवं आज की शिक्षा प्रणाली है शिष्य-प्रधान। शिक्षक पिता के रूप में ही शिष्य को स्वीकार करता था, वह उसका संरक्षक होता था, किन्तु उस संरक्षण की प्राप्ति भी सहज में ही उपलब्ध नहीं थी। यदि शिष्य का आचरण सन्तोषजनक नहीं रहा तो उसका गुरुगृह में रहना निषिद्ध था। शिक्षापद्धति मौखिक होने पर भी, रटन्त विद्या की निन्दा ही की जाती है। सुश्रुत में, रटनेवाले छात्र की तुलना उस गदहे से की गई है, जो अपनी पीठ पर लदे भार का अनुभव तो करता है, किन्तु यह नहीं जानता कि भार है किस वस्तु का! राजनीति, विप्लव-विद्रोह से दूर, उस युग का विद्यार्थी आचार्य की शरण में आता था केवल ज्ञान-प्राप्ति के लिए, और ज्ञान भी ऐसा, जो उसे भावी जीवन के संघर्ष के लिए विद्या, धैर्य, चरित्र की दृढ़ता के आयुधों से विभूषित कर ही अखाड़े में उतारता था। 'ऐसी विद्या पढ़ियो बेटा, जामें हँडिया

खुदबुद होय' यह मूलमन्त्र ही उसके कानों में फूँककर शिक्षा-प्राप्ति के लिए भेजा जाता था।

आज के विद्यार्थी को, पठन, चिन्तन या मनन के लिए व्यर्थ का अवकाश नहीं है। सुश्रुत में वर्णित रटनेवालें छात्र के बोझ से भी वह आज एकदम ही मुक्त हो गया है। अपनी स्वतन्त्र पीठ पर वह आज किसी भी प्रकार के बोझ की गरिमा का अनुभव नहीं करता। उसकी दृष्टि में शिक्षा, खाने-पीने, ओढ़ने-पहनने की ही भाँति आवश्यक् अवश्य है, किन्तु उसका कोई स्थायी महत्त्व नहीं है। शिक्षा-पद्धति, उसके चरित्र या व्यक्तित्व का निर्माण कर सकती है, यह मानने को वह तैयार नहीं है। उसकी दृष्टि में यदि कोई उसके व्यक्तित्व का निर्माण कर सकता है तो वह है स्वयं विद्यार्थी। राजनीति आज उसके पाठ्यक्रम का अभिन्न अंग है। सत्ता की ललक, उसे निरन्तर संघर्ष, मारधाड़, हिंसा की ओर चुम्बक-सी खींचती, एक ऐसे परिवेश में ले जाकर खड़ा कर देती है जहाँ शिक्षा, शिक्षा के लिए ही रह गई है जीवन के लिए नहीं। दोष विद्यार्थी का नहीं है, दोष है हमारी दूषित शिक्षा-प्रणाली का, न वह आज, विद्यार्थी वर्ग के सम्मुख एक सुनिर्दिष्ट लक्ष्य ही रख पाती है, न कर्मसूची की जीवन्त रूपरेखा, इसी से विद्यार्थी का खाली दिमाग, शैतान का स्थायी आवास बनता जा रहा है। राजनीति में उसका असमय का प्रवेश, किसी भी दृष्टि से वांछनीय नहीं कहा जा सकता, न वह उसके हित में है न देश के, न समाज के। बाँगला में एक अत्यन्त सुन्दर शब्द है 'ऐंचूडेंपाका' (ऐंचूड़े पाका) अर्थात् समय से पूर्व ही पक गया फल। आज का विद्यार्थी ऐसा ही ऐंचूड़ेपाका फल बन गया है, देखने में लुभावना, परिपक्व किन्तु दाँत मारते ही उसकी छलनामयी वास्तविकता स्पष्ट हो उठती है। दाँत लगा वह फल न फिर खाने के योग्य रहता है, न धरने के। फिर राजनीति के विषैले दंतक्षत क्या साधारण होते हैं? राजनीति के प्रति, आज के छात्रवर्ग का यह असमय मोह, यदि उन्हें संगठित कर भी देता है और किसी ख्यातिप्राप्त राजनैतिक नेता का समर्थन उन्हें प्राप्त हो भी तब भी हम उसे एक वांछनीय संगठन भी नहीं कह सकते। यह ठीक है कि प्राचीन शिक्षा-पद्धति का अन्धानुकरण आज हमारे लिए सम्भव नहीं है। यह सोचना भी हास्यास्पद लगता है कि आधुनिक छात्र, गुरुगृह का स्थायी सदस्य बन, नित्य भिक्षापात्र ले भिक्षान्न जुटाने निकल पड़ेगा। न हम उससे यही आशा कर सकते हैं कि एक ओर वह आचार्य की गाय की पीठ सहलाए, दूसरी ओर छन्द व्याकरण के मनन-चिन्तन में निरन्तर

डूबा रहे। किन्तु विद्यार्थी किसी देश और किसी युग का क्यों न हो, जब तक उसकी ज्ञान-प्राप्ति, सामाजिक कर्तव्य एवं चरित्र-निर्माण की सम्यक् व्यवस्था नहीं की जाती, जब तक गुरु-शिष्य दोनों ही एक-दूसरे से पूर्णरूप से परिचित नहीं होते, तब तक उसके व्यक्तित्व के सर्वांगीण विकास की आशा करना व्यर्थ है।

हे धूर्जटे पशुपते!

रवीन्द्रनाथ ठाकुर ने अपनी 'साधना' में कहा है कि "भारतवर्ष ने तीर्थयात्रा के स्थलों को वहाँ चुना, जहाँ प्रकृति में कुछ विशिष्ट रमणीयता या सुन्दरता थी, जिससे कि उसका मन, संकीर्ण आवश्यकताओं से ऊपर उठ सके और अनन्त में अपनी स्थिति का परिज्ञान कर सके। यही कारण था कि भारत में जहाँ एक समय सभी लोग मांसभक्षी थे, उन्होंने जीवन के प्रति सार्वभौम सहानुभूति की भावना के संवर्धन के लिए पशुभोजन का परित्याग कर दिया। वह मानवजाति के इतिहास में एक विलक्षण घटना है।" यही पूर्व और पश्चिम के दृष्टिकोण में अन्तर है। पश्चिम में, यदि कोई रमणीय स्थल है तो वह पहले वहाँ पर्यटक स्थल या होटल-निर्माण की बात सोचता है, प्राचीन एवं मध्यकालीन भारतीय वहाँ किसी पवित्र स्थल या देवमन्दिर की स्थापना का स्वप्न साकार करता था।

सौभाग्य से या कहिए देवकृपा से इस दीर्घजीवन में ऐसे अनेक पावन स्थल देखने का सुअवसर प्राप्त हुआ है, किन्तु वर्षों का एक स्वप्न साकार हुआ पशुपतिनाथ के दुर्लभ दर्शन प्राप्त कर। वैसे तो तीर्थ दर्शन का पुण्य शायद ही प्राप्त हुआ होगा क्योंकि यात्रा सम्पन्न की थी गगनचारिणी बनकर। हमारे शास्त्रों में कहा है कि पैरों पर की गई तीर्थयात्रा, तीर्थयात्रा है। कोई व्यक्ति यदि ऐश्वर्य या मूर्खतावश वाहन पर यात्रा करता है तो उसके सारे प्रयत्न वृथा हो जाते हैं। किन्तु यदि कोई असहायतावश, असमर्थ होने पर वाहन का उपयोग करता है तो वह पाप का भागी नहीं होता। हमारे शास्त्र परम औदार्य से एक न एक ऐसा सहारा हमारे लिए छोड़ ही गए हैं।

काठमांडू के हवाई अड्डे पर उतरते ही जैसे सहसा स्वयं ही कायाकल्प हो गया। कितने वर्षों की अभिलाषा पूर्ण हुई वह भी अनायास। बहुत पहले ऐसी ही अभिलाषा किसी और ने भी की थी। कुछ ही दिन पूर्व उनकी कहानी सुनी थी। कुमाऊँ की ही एक साधनहीन परमुखापेक्षिणी बाल विधवा मधुली बुआ (जो कभी शायद रेलगाड़ी पर भी नहीं बैठी थीं) की वर्षों पूर्व की गई मनौती निष्फल सिद्ध हो रही थी कि 'किसी तरह हे पशुपतिनाथ, मुझे अपने दर्शन करा दो!' पर आज से चालीस वर्ष पूर्व नेपाल जाना क्या इतना सहज था? वह भी एक असहाय, साधनहीन बाल-विधवा के लिए? एक दिन किसी आत्मीय की कृपा से बनारस पहुँची तो सुना धड़धड़ाती गईं, सीधे बाबा विश्वनाथ के दरबार में। गुस्से में काँपती लिंग से लिपट गईं और शिवलिंग को जोर-जोर से झकझोरकर बोलीं—"क्यों रे विश्वनाथ, नहीं ले गए ना नेपाल? अब तुमने पशुपत्तिनाथ के दर्शन नहीं कराए तो तुम्हारे टुकड़े-टुकड़े कर दूँगी"—वैताल की-सी उस भयावह चेतावनी से, विश्वनाथ भी सहम गए, क्योंकि दूसरे ही महीने मधुली बुआ अपने किसी दयालु भतीजे के साथ पशुपतिनाथ के दर्शन कर आई थीं। मेरा यह दृढ़ विश्वास है कि देवदर्शन भी 'बिनु हरिकृपा मिलहि नहीं संता' तब तक सम्भव नहीं होते जब तक प्रभु की इच्छा और स्वीकृति नहीं मिलती। तब ही वह सर्वशक्तिमान मेजबान बनता है और फिर आप उसी क्षण बन जाते हैं उसके वी.आई.पी. अतिथि। हमारे साथ भी यही हुआ। नेपाल की प्रकृति अपने पूर्ण औदार्य से अपने देवदुर्लभ व्यंजनों का थाल लिए निरन्तर हमारे साथ चलती रही—

पशुपतिनाथ को नेपाल का संरक्षक माना गया है। हिन्दू मात्र के लिए एक वन्दनीय, पूजनीय दुर्लभ देवता, उदार, औघड़ दानी। पशुपति का नाम, वैदिक साहित्य में शिवरुद्र या रुद्र नाम से सर्वप्रथम आया है, ऋग्वेद में उग्र देवता, अग्नि के प्रतीक, सोम से संयुक्त—

त्वमर्कसत्वं सोमस्त्वमसि पवनसत्वं हुतवहः

महाभारत एवं पुराणों में पशुपति एवं पाशुपत्य सम्प्रदाय का विशद वर्णन है। शिलालेखों से ज्ञात होता है कि इसकी लोकप्रियता दक्षिण-पश्चिमी भारत से लेकर कश्मीर तक एकसमान थी। इसके प्रथम प्रवर्तक लकुलिश, गुजरात के भड़ौंच में प्रकट हुए थे। नेपाल के परमपूज्य आराध्य को 'नाथ' 'आदि अनादि' कहा गया है। स्कन्द पुराण के अन्तर्गत 'नेपाल माहात्म्य' में इस पवित्र

देवस्थल की कहानी का वर्णन है। एक बार महेश्वर काशी के छोटे-मोटे देवताओं से रुष्ट हो गए एवं अदृश्य हो गए। पशुपति मन्दिर के पीछे जो मृगस्थली थी, वहाँ मृग रूप में विचरने लगे। देवताओं ने उन्हें खोज लिया एवं लौट चलने का आग्रह किया। उनके न मानने पर उनके सींग पकड़कर बलपूर्वक खींचने लगे। दोनों सींग टूट गए। तब महेश्वर अपने वास्तविक रूप में प्रकट हुए और बोले, "मैं पशु के रूप में विचरता रहा था, इसी से अब पशुपति नाम से मेरी आराधना की जाएगी।" विष्णु ने भंग शृंगों को जोड़, लिंग बना धरती में गाड़ दिया, कामधेनु ने अपनी दिव्य दुग्ध धार से उसे अभिसिंचित किया और एक दिन वही लिंग चरवाहों को दिख गया। महाभारत के वर्णनानुसार अर्जुन को पाशुपतास्त्र शिव से यहीं मिला। पशुपति मन्दिर के पास बागमती नदी के किनारे एक प्राचीन मूर्ति धरा में आधी गड़ी है। इसके तीन नेत्र हैं और कुंचित केश हैं। यह विरुपाक्ष की मूर्ति है, पास ही में मृगेश्वर की मूर्ति है। ये मृग के छद्म रूप में स्वयं महेश्वर हैं। पशुपति नेपाली लिंग की विशिष्टता है, इसमें उत्कीर्ण पाँच मुख, पंचमुख लिंग। शिव के विभिन्न रूप पूर्वाभिमुख तत्पुरुष कहलाता है, दक्षिणाभिमुख 'अघोर', उत्तर की ओर का 'देशमुख' 'वामदेव', पश्चिम की ओर का मुख 'सद्यजात'। प्रत्येक मुख के साथ दो हाथ हैं। दक्षिण हस्त में सोलह दानों के रुद्राक्ष की माला, भक्तों को वर देनेवाला हस्त। बाएँ में अमृतपूर्ण कमंडलु। ऊर्ध्वमुख, आकारहीन ईशान, सर्वशक्तिमान, शक्ति का केन्द्र। यही पशुपतिनाथ हैं, समस्त जगत की शक्ति का उत्स। इसी पाशुपत्य अंचल में बौद्ध, तान्त्रिक एवं वैदिक संस्कृति पनपी एवं पल्लवित हुई। इस देवालय में उत्कीर्ण पहली तिथि है संवत् 399, पशुपति के चतुर्मुख की तिथि लिच्छवी वंश के साथ संलग्न मानी गई है। पाँचवीं शताब्दी में पशुपतिनाथ की महिमा सर्वोच्च शिखर पर थी। प्रसिद्ध शासक अंशुवर्मा (605-621 ई.) पशुपतिनाथ के परम भक्त रहे। इसके पश्चात् लिच्छवी, गुप्त, अमीर मल्ल एवं शासकों ने वही परम्परा निभाई।

विश्वविख्यात पशुपतिनाथ का मन्दिर नेपाल स्थापत्य का अनूठा नगीना है। पैगोड़ा के रूप में बनी इस अपूर्व कलाकृति को शब्दों में नहीं बाँधा जा सकता। सातवीं शताब्दी में भारत-भ्रमण के लिए आए चीनी पर्यटक ने लिखा है—"बादलों का ताज पहने देवालय की शोभा अपूर्व है। इसके कुछ भागों का पुनर्निर्माण राजा प्रतापमल्ल ने 1650 में करवाया। इसकी अनूठी नक्काशी का

श्रेय चन्द्रशमशेर राना (1901-1928) को जाता है। विराट पीतवर्णी नंदी का निर्माण जगत जंग ने 1936 में करवाया।

इसका सुचारु प्रबन्ध पशुपति के निष्ठावान विद्वान पुजारी करते हैं। कहा जाता है कि इसकी पूजा का पुनर्संस्कार शंकराचार्य द्वारा किया गया। मन्दिर के प्रांगण में ही शंकराचार्य का मन्दिर भी स्थित है। सभी पुजारी कर्नाटक के ब्राह्मणों में से चुने जाते हैं—सदाचारी, विद्वान, निर्लोभी, निर्लिप्त। उनका ब्रह्मचारी होना आवश्यक नहीं हेता। सभी गृहस्थी धर्म का पालन करते हैं। उनका चयन वंशगत नहीं होता, विद्वत्ता एवं आचरण को परखकर 'भट्टगुरु' (मुख्य पुजारी) ही उनकी नियुक्ति करते हैं। अन्तिम निर्णय होता है स्वयं नेपाल के राजाधिराज का। लाल परिधान, कंठ में रुद्राक्ष, गौर चन्दन चर्चित ललाट, गम्भीर तेजस्वी आकृति और विशुद्ध उच्चारण। पूजा के समय चारों द्वार बन्द कर दिए जाते हैं। घंटा ध्वनि वर्जित है। पास में बैठे बीस-पच्चीस नम्बूदिरी ब्राह्मणों का अविरल रुद्रपाठ, जिनमें दस-बारह वर्ष के बालक भी कंठस्थ मंत्रों का सुमधुर पाठ कर रहे थे, सुनकर लग रहा था कि कानों में कोई अमृतवृष्टि कर रहा है। धीरे-धीरे एक-एक कर द्वार खुले, धँसी आ रही भीड़ के शक्तिशाली धक्के ने मुझे सीधे देवस्थल की देहरी पर पहुँचा दिया। कस्तूरी अगरु की मदिर सुगन्ध—

नमः शिवाय च शिवतराय च, नमो नमः।

अपूर्व दर्शन सूर्य की झिलमिलाती प्रखर किरणों से देवालय सहसा स्फटिक-सा चमक उठा। एक क्षण को लगा—पाँचों मुखों का प्रच्छन्न स्मित सिर से पैर तक हमें असिंचित कर गया है। पूजा कर बाहर आए तो नागमती के दर्शन किए, क्षीण कलेवरा धीर मंथर गति से बहती नदी के तट पर ही श्मशान है। तीन पत्थर की चौकियाँ। एक पर केवल राजपरिवार की ही मृतदेह का संस्कार होता है, दूसरी कुछ दूर स्थित चौकी नदी से एकदम संलग्न है। वहाँ जीर्ण-शीर्ण मृत्युपथ के यात्री, मृत्यु सन्निकट जान लिटा दिए जाते हैं। पैर नदी की पवित्र धारा में देह चौकी पर तारक मन्त्र देने पिछवाड़े खड़े स्वयं पशुपतिनाथ। वे महाप्रस्थान के यात्री वहीं प्राणत्याग करते हैं। ऐसे बिरले ही भाग्यवान होते होंगे। तीसरी चौकी आम जनता के लिए। वहीं पर एक सफेद कपड़े से ढकी लम्बी-चौड़ी मृत देह अचल पड़ी थी। छाती पर धरी एक खुकरी। नेपाली शौर्य की प्रतीक, किन्तु मृत्यु से जूझने में असमर्थ।

वहाँ से सुदीर्घ पथ पार कर पहुँचे दक्षिण काली, जहाँ के विषय में सुना था कि नित्य सैकड़ों बकरों की बलि से वहाँ धरती सदैव रक्तिम बनी रहती है। किन्तु उस दिन सोमवार था, बलि सम्भवतः मंगल को दी जाती है। सूखे रक्त की धारा पाकर भव्य दर्शन किए—अपूर्व शान्ति एवं एक रहस्यमय निस्तब्धता। साँय-साँय करती ठंडी नेपाली हवा के झोंके। किन्तु काली का वही स्निग्ध उग्र स्मित। 'वेदोऽहम् वेदोऽहम् विद्याऽहम् विद्याऽहम्' आँखें बन्द करते ही 'हृतपुंडरीक मध्यस्था प्रातः सूर्यसमप्रभां' कानों में गूँजने लगा। वहाँ से एक ऐसे अद्‌भुत देवस्थल के दर्शन किए जिसे देख आधुनिक विज्ञान भी सम्भवतः व्याख्या न कर पाए—एक जलाशय में स्थिर लेटे शेषशायी विष्णु, जिन्हें स्थानीय लोग कहते हैं बूढ़ा नीलकंठ। शान्त मुखमुद्रा, दिव्य स्मित—विपरीत दिशा में, अधोतल में पड़ रहा मुख का प्रतिबिम्ब, यह कैसे सम्भव हुआ? स्थापत्य की कैसी अभिनव बाजीगरी?

और अन्त में पहुँचे बौद्ध तीर्थ—स्वयंभू। तीखी सोपान पंक्ति ने प्रायः हर साँस छीन ली, सीढ़ियों के दोनों ओर लगी तिब्बती मनकों, मालाओं, घंटियों, मूर्तियों की मोहक दुकानें चित्ताकर्षक थीं। पर टूरिज्म का प्रताप हमसे पहले पहुँच चुका था। दाम पूछिए तो गश आ जाए—कुटिल दुकानदारों की विदेशी पर्यटकों से पूरी बारहखड़ी सीखे सिद्ध दुकानदार, सोने की कील ठुँकी दाँतों की दरारों से पूछते अपना परम चतुर प्रश्न—क्या देगा? भाव-ताव शुरू होने पर पहले बताए गए दामों से त्वरित अवरोहण शुरू होता। पचास की माला एकदम पाँच में उतर आएगी। विदेशी पर्यटकों के ये मुँहलगे दुकानदार मार्केटिंग की पूरी सिद्धान्तकौमुदी रटे-पढ़े लगते हैं। त्याग-तपस्या के चरम प्रतीक शिव की भूमि में यह क्या? पूरी यात्रा सम्पन्न कर यह तथ्य मन को सालता रहा।

क्या नेपाल, अपनी सांस्कृतिक धरोहर धीरे-धीरे खो रहा है? एक ओर यहाँ हैं पशुपतिनाथ के दिव्य दर्शन, दैवी अनुभूति, दक्षिणकाली का रहस्यमय स्मित जिसके दर्शन मात्र से अद्‌भुत सिहरन होती है। दूसरी ओर उपज गया है विदेशी जुआघर—कैसीनों का कलख, जहाँ देखते ही देखते लाखों का वारा- न्यारा होता है। द्यूतक्रीड़ा के दानव का निर्लज्ज नर्तन। शिव की पुण्य नगरी में क्यों? मानो कहीं राजसी अट्टालिकाओं के बीच अशोभनीय कर्दम!

छोटी-सी अवधि में भी बन्धु श्री कृष्णचन्द्र मिश्र ने एक साहित्यिक गोष्ठी का सुखद आयोजन कर नेपाल के साहित्यकारों से मिलने का सुअवसर दिया। सुदूर नेपाल में भी मेरे इतने स्नेही पाठक हैं यह देखकर कितना आनन्द हुआ, यह वही समझ सकता है जिसको अपने पाठकों के साथ ऐसे सुखद संवाद की स्थिति का अनुभव हुआ हो। नेपाल से विदा ली तो लगा किसी वर्षों से परिचित प्रिय मित्र से बिछुड़ रही हूँ।

●●●